心がつらいとき、疲れているとき
窓から夜空を 眺めてみませんか？
小さな きらめきを 見つけたら、
心の重石が ふっと 軽くなるはず。

　　　　　　　窪　美澄

괴롭고 지칠 때에는
창을 열고 밤하늘을 올려다보세요.
작은 반짝임을 발견하는 순간
마음의 무게가 가벼워질 거예요.

밤하늘에 별을 뿌리다

밤하늘에 별을 뿌리다

구보 미스미

이소담 옮김

시공사

일러두기

하나, 모든 표기는 출판사 편집 매뉴얼의 교정 규칙에 따르되, 작가 혹은 역자의
　　　의도에 따라 필요하다고 판단되면 절충하여 표기하였습니다.
둘,　단행본 형태의 책 제목은 《》로, 그 외 저작물과 영화, 그림 등은 〈〉로 표기
　　　하였습니다.
셋,　본문의 주석은 모두 옮긴이 주입니다.

차례

한밤중의 아보카도   ○   007

은종이색 안타레스   ○   059

진주별 스피카   ○   115

습기의 바다   ○   171

별의 뜻대로   ○   231

옮긴이의 말   ○   279

한밤중의 아보카도

아보카도 씨앗에서 싹이 자랄까.

갑자기 이런 생각이 든 것도 작년 봄부터 코로나 때문에 시작된 자숙 기간ᶜ 때문이 아닐까. 그 무렵 회사는 일찌감치 재택근무 체제로 전환됐고, 스테이 홈, 꼭 필요하지 않거나 급하지 않은 외출은 자제하고 집에 있으라고 해서, 오로지 컴퓨터 화면 너머로만 회사 사람들과 만나는 나날이 이어졌다.

ᶜ 일본에서 실행한 코로나 방역 지침. 록다운처럼 강제적인 개념은 아니고, 정부와 지방자치단체가 펼치는 외출 자제 기간에 자발적으로 협력하는 것을 가리킨다. 우리나라의 사회적 거리두기 지침과 비슷하다고 볼 수 있다.

만원 전철에 시달리며 출퇴근을 안 해도 된다니 최고! 이렇게 생각한 건 처음 일주일 정도였고, 하루하루 시간이 흘러 이거 왠지 유폐된 것 같다는 생각이 들 무렵에는 벚꽃이 피었다 졌고, 나는 그 사실조차 깨닫지 못한 채 집에서 그저 일만 하며 투덜투덜 살았다. 그래도 코로나는 역시 무서우니까 마트나 편의점에 가는 것만이 유일한 외출 겸 숨구멍이었다.

아무리 재택근무를 한다지만 회사에 가지 않으니까 아무래도 리듬이 흐트러졌다. 점심시간에 나누는 실없는 잡담이나 퇴근길에 동료와 가볍게 한잔하던 것이 내 생활의 숨구멍이자 기분 전환 역할을 톡톡히 담당했다는 사실을 깨달았다. 코로나 우울증까지는 아니었지만 몸도 마음도 영 힘이 나지 않는다. 마음 쪽은 조금 나약해지기까지 했다. 그러던 어느 날, 아침으로 먹은 아보카도의 씨앗을 쓰레기통에 버리려다가 갑자기 생각했다. 이거 심으면 자라지 않을까?

당장 스마트폰으로 아보카도 씨앗의 발아 방법을 검색했다. 땅에 심는 방법도 있었지만 그건 귀찮을 것 같아서 고민하지 않고 수경 재배를 선택했다. 아보카도 씨앗을 받쳐주기 위해 씨앗 옆에 이쑤시개를 몇 개 찌르고, 그걸 그대로 물을 받아둔 유리잔에 담가두기만 하면 된다. 물은 매일 갈아주고 해가 잘 드는 곳에 둘 것. 그 정도라면 나도 할 수 있겠다. 말은 자신 있게 했지만, 나는 관엽식물 죽이기의 명수다. 싹이 안 나는 경우도 많다는 글을 읽었다. 그래도 뭐 괜찮았다.

나는 일하는 책상 위 눈에 잘 보이는 곳에 아보카도 씨앗을 담은 잔을 놓았다. 어쩐지 아보카도가 감시하는 것 같다고 생각하면서. 그래도 그 무렵 내게는 그런 것이 필요했다. 눈에 잘 보이게 자라날 생명의 근원 같은 존재가. 물을 계속 갈아줘도 아보카도 씨앗은 전혀 변화를 보이지 않았지만, 내일은 어떤 변화가 생길지도 모른다. 그렇게 생각하며 나는 부지런히 물을 갈았다.

일하는 틈틈이, 일을 마무리한 뒤(때로는 일하는 중에도), 나는 라인이나 문자 메시지가 오지 않았는지 확인했다. 동료들과 하는 라인 단톡방. '재택 지루하지 않아요?'라는 메시지에 '내 말이요'라고 답을 보내면서 아소 씨에게서 메시지가 오지 않았는지 매일 몇 번이나 확인했다.

소개팅 앱에서 연인 찾기를 시작한 지 반년. 이 사람이라면 괜찮겠다 싶어서 작년 겨울에 간신히 연결되어 대화를 나누기 시작했고, 코로나로 자숙 기간이 시행되기 전에 두 번쯤 만나 밥을 먹은 사람이다. 나보다 두 살 위, 서른네 살의 아소 씨. 프리랜서 프로그래머로 일하는 아소 씨. 현실에서 만났을 때는 프로필 사진과 얼굴이 상당히 다르다고 생각했지만 그건 나도 매한가지일지 모르고, 식사하는 모습도 반듯했으며, 복장도 그리 세련되진 않았지만 단정했고, 어딘지 여자에 익숙하지 않은 느낌도 나서 아주 좋았다. 키도 속이지 않은 것 같고, 안경도 잘 어울렸다. 다른 사람들처럼 식사 후 곧바로 호텔에 가자는 말도 하지 않았고.

아소 씨하고는 잘될지도 모른다고 생각할 무렵, 그대로 자숙 기간이 시작되었다. 한동안 라인으로 연락을 주고받았으나 대화를 나누는 도중에도 '미안! 지금 급한 일이 들어와서요. 내가 또 연락할게요'라는 메시지를 심심찮게 보내왔다. 나는 회사원이니까 프리랜서로 일하는 사람이 얼마나 바쁠지 전혀 모른다. '연락 기다릴게요'라는, 과연 적절한지 아닌지 알 수 없는 답을 보냈고, 그 후로 대화가 자꾸만 끊어졌다. 이거 이제 안 되겠다 싶었을 시기에 자숙 기간이 해제되어 회사에도 예전처럼 출근했다. 그래서 나와 아소 씨는 다시 밖에서 만나기 시작했다. 마스크를 쓰고서.

"자숙 기간에 뭐 했어요?"

내가 물어보면, "어휴, 계속 일, 일, 일만 했어요"라고 아소 씨는 대답했지만, 어쩌면 소개팅 앱에서 새로 알게 된 사람과 만났을 수도 있겠다고 짐작했다. 앱으로 알게 된 사람 중에는 그런 사람이 많았고 예전에는 나도 그랬다. 그래도 아소 씨와 만난 후로 나는 다른 사람과 만나지 않았다. 이 사람과는 오래 만나고 싶다고 생각했으니까. 안경을 벗고 눈두덩을 문지르는 아소 씨의 피곤한 모습에 살짝 두근거리기도 했는데, 아소 씨를 너무 좋아하게 되면 헤어졌을 때 괴로워질 거라고 나 자신을 타일렀다. 아소 씨는 나에게 얼마나 흥미가 있고, 나를 어느 정도 좋아할까. 그걸 알 수 있다면 좋을 텐데. 그런 생각을 하는 동안에도 아보카도 씨앗은 여전히 유리잔 속 물에 잠긴 채 아무런 변화가 없었다. 나는 오기가 생겨서 계속 물을 갈았다.

그래도 나와 아소 씨는 한 달에 두세 번씩 만났고, 장마가 끝난 무렵에는 처음으로 아소 씨의 집에 갔다. 도쿄 서쪽 약간 교외에 있는 아소 씨의 아파트는 집에서 일하기 때문인지 조금 넓은 투룸으로, 일하는 방은 너저분하다고 보여주지 않았지만 가구나 조명도 무인양품이나 니토리ᶜ 것이 아니라 조금 가격이 있는 북유럽풍 제품이어서 프리랜서 프로그래머는 돈을 잘 버나 보다 하고 속된 생각을 하기도 했다. 집에 오라고 한 것은, 집에 간 것은, 그런 것(그러니까 육체관계를 해도 좋다는 것)이라고 여겼는데, 아소 씨는 정성스레 커피만 타주고 소파 옆에 오도카니 앉아 뭔가 하려고 들지 않았다. 아니, 정확히 말하면 키스는 했다. 다만 마스크를 쓴 채로. 마스크를 쓴 채로 한 걸 키스했다고 해도 좋을까. 잘 정돈된 세면대에서 손을 씻었고 입도 헹궜으나, 어쩌다 보니 마스크를 벗을 타이밍을 놓쳤다. 아소 씨도 그랬다.

"나는 아야 씨를 좋아해요."

키스하기 전에 아소 씨가 마스크를 쓴 채 잠긴 목소리로 말했다.

"나도 아소 씨 좋아해요."

그렇게 말하며 나는 아소 씨의 손을 잡았다. 잡은 순간, 아소 씨의 몸이 굳어지는 걸 느끼고 앗 실수했나

ᶜ 가구와 홈 패션 등을 제조·판매하는 일본의 기업.

싫었고, 동시에 이 사람은 정말로 여자에 익숙하지 않은가 보다, 라고 새삼 생각했다. 그래도 서른두 살인 나는 아소 씨와 최대한 길게 사귀고 싶고, 가까운 미래에 결혼이라는 형태가 보이면 좋겠다고 생각했다.

타들어가는 듯이 더운 여름이 시작될 무렵, 아보카도 밑부분이 갈라지더니 하얀 뿌리 같은 것이 보였다. 기뻤다. 성장하고 있구나. 내가 모르는 사이에. 왠지 그게 아주 좋은 일이 생길 징조처럼 보였다. 아보카도가 아소 씨와의 교제가 잘될 거라고 말해준 것 같은 기분이었다.

여름휴가에는 아소 씨와 자고 오는 일정으로 바다에 갔다.

내가 '뭐든 좋으니까 숨 좀 돌리고 싶어'라고 라인 메시지를 보내자, 아소 씨가 '그럴 때는 역시 바다지'라고 대답해줬다.

한여름의 바닷가, 찌는 듯이 더운데 마스크를 쓰고 있으려니 정말이지 괴로웠다. 호흡도 얕고 거칠었고, 마스크 아래에 모처럼 꼼꼼히 한 화장도 무너졌다. 그래도 여름 바닷가는 붐볐다. 코로나가 유행해도 사람은 여름이면 바다에 가고 싶어지는 법이다. 해변에 인

접한 팬케이크 가게에서 팬케이크를 먹고, 파도치는 물가에서 물결을 느끼며 놀았다. 나는 자연스럽게 아소 씨의 팔을 잡았다. 아소 씨는 이제 움찔하지 않았다. 코로나가 심각해도 여름은 여름이고 바다는 바다였다. 지구에 사는 인간의 생활이 변했을 뿐이다.

나와 아소 씨는 조금 거리를 두고 해변에 앉아 석양을 봤다.

"언제까지 해야 할까? 마스크 생활."

내가 무심코 중얼거렸다.

"아마 계속. 앞으로도 이어지겠지. 자숙 기간도 언제 다시 시작할지 모르고."

아소 씨가 대답했다.

"진짜 싫다……."

마음에서부터 우러난 본심이었다. 왜 하필 이런 시대에 태어났는지 불운을 저주했다. 만약 아소 씨와 헤어지게 되면, 그 후로 이 코로나 시대에 나는 어떻게 사랑해야 할까. 마스크를 계속 쓴 채로? 사람들과 사회적 거리두기를 유지하고서? 사랑을 할 수나 있을까. 거대한 주황색 사탕 같은 석양이 차츰차츰 수평선 너머로 사라졌다. 마음이 그래서인지 주위도 확연히 어두워졌다. 말이 없는 내게 아소 씨가 말을 걸었다.

"이거 하자. 가지고 왔어."

아소 씨는 가방에 손을 넣더니 스파클러 막대 폭죽을 꺼냈다. 라이터도 아소 씨가 준비해 왔다. 폭죽을 묶은 종이를 신중하게 풀어서 하나를 내게 건넸다. 아소 씨가 불을 붙여줬다. 타닥타닥 터지는 폭죽을 보자 어린 시절이 생각났다. 툇마루, 수박 깨기, 유카타ᶜ, 불꽃놀이…… 언제나 곁에 있던 유미. 막대 폭죽을 빙글빙글 돌려 불꽃의 원을 만들던 유미.

"나, 쌍둥이야."

나는 무심코 말했다.

"어, 정말? 몰랐어."

아소 씨는 폭죽을 손에 들고 놀란 표정으로 나를 바라봤다.

"응. 일란성 쌍둥이. 내가 언니. 얼굴도 그렇고 몸도 정말 닮았어. 여동생이 여기 있다면 아소 씨, 아마 나랑 구분하지 못할 거야. 하지만 2년 전에 갑자기 죽었어."

마지막 말은, 정말 대단한 일이 아니라는 느낌으로

ᶜ 목욕 후나 축제 때 입는 간편한 기모노.

흘러가듯이 말했다.

"……그랬구나."

"이런 얘기, 갑자기 들으면 너무 부담스럽지. 미안."

"왜 사과해. 말해줘서 고마워."

이어서 아소 씨는 뭔가 말하려다가 그대로 입을 다물었다. 솔직히 말하면 아소 씨의 비밀도 하나쯤 알고 싶었다. 그러나 아소 씨는 무어라 말을 하는 대신에 내 손을 꼭 잡았다. 그것만으로도 기뻤다. 앱을 통해 만나서 사귄 사람에게 유미 이야기를 한 건 처음이었다. 내게는 세상 그 누구보다 소중한 유미를 아소 씨가 알아주길 바랐다.

그날 밤, 우리는 싸늘한 시트 위에서 알몸으로 뒤엉켜 부둥켜안았다. 아소 씨는 침대에서도 역시나 쭈뼛거렸는데 그런 점이 좋았다. 내 몸을 만지는 손가락이 떨려서 '설마 처음은 아니겠지?' 하고 생각했는데, 그런 건 물어볼 수 없다. 그래도 하는 동안 미간에 잡힌 주름이나 턱선을 보며 새삼스레 아소 씨는 섹시한 사람이라고 생각했고, 역시 나는 아소 씨가 좋았다.

한밤중에 아소 씨가 곁에 있는 게 익숙하지 않아 영 잠들지 못했다. 나는 잠자는 걸 일단 포기하고 테라스로 나갔다. 저 너머에 있는 바다는 어두워서 잘 보이지 않았지만 해명(海鳴) 같은 낮은 소리가 계속 내 고막을 떨게 했다. 하늘에는 별이 비즈처럼 가득 흩어졌는데, 유난히 밝은 별도 보였지만 나는 별에 관해 잘 모르니까 어디에 어떤 별이 있는지, 어떤 별자리가 있는지도 모른다. 어느새 아소 씨가 내 옆에 서 있었다. 아소 씨도 아마 내가 옆에 있어서 잠들기 어려웠을 거라고 짐작했다.

"쌍둥이자리가 보일까?"

내가 밤하늘을 올려다보며 묻자 아소 씨가 대답했다.

"쌍둥이자리는 겨울에 보이는 별자리야. 지금 제일 반짝이는 건 베가, 비스듬하게 아래에 있는 게 데네브, 그 아래에 알타이르. 그 세 개를 이으면 여름의 대삼각형……."

"어? 어떻게 그렇게 잘 알아?"

"그야 고등학생 때 천문 동아리였으니까."

"와, 아소 씨답다."

"무슨 의미야?"

아소 씨가 되물어서 같이 웃었다.

"카스토르랑 폴룩스."

"그게 뭐야?"

"겨울이면 보이는 쌍둥이자리 별의 이름이야. 둘이 나란히 반짝여."

"……유미라고 해. 죽은 내 여동생 이름."

"그럼 그 두 개의 별은 유미 씨랑 아야 씨네. 겨울에 쌍둥이자리가 보이면 가르쳐줄게."

아소 씨가 한여름에 겨울을 약속해줘서 기뻤다.

"저기……."

아소 씨가 뭔가 말하려고 했다.

"응?"

나는 아소 씨를 바라보았다. 어둠 속에서 아소 씨의 얼굴이 어딘지 긴장한 것처럼 보였다.

"음……, 역시 지금은 됐어."

"뭐든지 편하게 말해주면 좋겠는데. 나도 부담스러운 얘기 했잖아."

"응, 언젠가 반드시 말할게."

"언젠가, 꼭이야."

우리는 입을 맞췄다. 아소 씨의 비밀이 뭘지 당연히 궁금했지만, 그날 밤은 불길한 예감을 가슴에 묻어두고 싶었다. 왜냐하면 지금 우리는 잘되고 있으니까. 앞으로도 잘될 거다. 쌍둥이자리가 보이면 가르쳐주겠다고 아소 씨가 말한 겨울이 올 때까지는. 나는 다짐하듯이 생각하며 아소 씨의 팔에 안겨 아소 씨의 심장 소리를 들었다.

그 후로 여름이 지나고 가을이 되고 겨울이 와도 나와 아소 씨는 연인으로 만남을 이어갔다. 아소 씨는 비밀을 말해주지 않았지만 말하고 싶지 않다면 차라리 계속 말하지 않았으면 좋겠다는 생각도 들었다.

코로나 확진자는 자꾸자꾸 늘었고, 어느덧 2020년이 끝나려 했다.

"코로나가 너무 걱정되니까 굳이 안 와도 된다."

시마네현에 사는 부모님이 그렇게 말해 연말연시를 도쿄에서 보냈다. 아소 씨는 본가가 도쿄에 있으니까 정월은 본가에서 보낸다고 했다. 그래서 우리는 크리스마스를 아소 씨 집에서, 12월 31일을 우리 집에서 보냈다. 우리의 교제는 대체로 순조롭고 잔잔한 상태가 이어진다고 표현해도 좋았다. 아소 씨는 차분한 사람이니까 싸울 일도 없었다. 나는 묘하게 감개에 젖었다. 코로나가 유행해도 사람은 사랑하고 몸을 나눌 수 있구나. 또 아소 씨와 함께해서 행복하다고 생각할 때마다 유미를 떠올리곤 했다. 1월 7일, 유미의 기일이 다가오기 때문일 것이다. 한 해의 마지막 날, 아소 씨는 홍백가합전이 시작하는 저녁 7시쯤에 돌아갔다.

"그럼 내년에 또 봐."

현관에서 운동화를 신으며 아소 씨가 말했다. 내일이 바로 내년인데 싶으면서도 내년에도 나와 만나고 싶다고 생각해준 게 솔직히 기뻤다.

"응. 내년에도 또 잘 부탁합니다."

현관에 서서 고개를 숙이자 아소 씨가 웃었다.

다음 날인 설날에는 시마네현에 계신 부모님께 전화하고 아소 씨에게 라인 메시지를 보냈다. 아무리 기다려도 메시지를 확인하지 않았는데, 뭐 본가에서 느긋하게 지내고 있겠거니 생각하기로 했다.

침실 서랍장 위에 놓인 유미의 작은 액자 옆에는 연말에 산 하얀 백합을 장식해두었다. 어제 아소 씨가 있을 때는 몰랐는데, 혼자 꼭꼭 닫힌 집에 있으니까 백합의 싱그러운 향기가 코를 찔렀다. 그 향기를 맡자 어쩔 수 없이 유미의 장례식이 떠올랐다.

유미는 뇌출혈로 죽었다. 1월 7일, 신년 초에 직장에서 쓰러져 그대로 떠났다. 그해 여름까지 살았으면 서른 살이었다. 그로부터 벌써 3년이 지났지만 나는 여전히 유미의 죽음을 전혀 받아들이지 못했다. 아마 부모님도 그럴 거다. 코로나니까 오지 말라고 했지만 사실은 나를 보면 유미가 생각날 테니까 내가 귀성하지 않아서 부모님도 내심 안도했을 것이다. 듬뿍 사랑받으며 자랐고 부모님께 삐뚤어진 불만 같은 것도 없지만, 역시 유미의 죽음은 부모님과 나 사이에 보이지 않는 희미한 장벽을 만들고 말았다.

일란성 쌍둥이 유미가 그렇게 이른 나이에 세상을 떠났다. 유미가 그렇게 죽었다면 언니인 나도 그럴 가능성이 전혀 없다고 할 수 없으니까, 그걸 생각하면 눈물이 날 정도로 두려워진다. 그러니까 최대한 빨리 결혼해서 자식을 낳고 싶었다. 그러면 오래 살 수 있을 것 같았다. 그래서 유미가 죽은 후로 나는 소개팅 앱에 매달렸다.

만에 하나 지금 코로나에 걸리면, 나는 금방 죽어버릴지도 모른다. 그렇지만 마스크를 쓰고 손을 잘 씻고 입을 헹구고 사람이 많은 곳을 피하는 것 외에는 예방책이 없으니까 이 이상 뭘 어떻게 하면 좋을지도 모르겠다. 유미는 코로나로 세계가 완전히 달라진 것도 모르고 죽었다. 일하다가 이러다 죽겠다 싶을 정도로 지쳤을 때, '유미, 넌 참 좋을 때 떠났네' 같은 생각을 하기도 했다. 하지만 이 세계에서 유미가 사라진 것 이상의 슬픔이 과연 세상에 존재할까.

태어난 순간부터 평생을 함께했고, 대학과 직장은 달라도 도쿄에 온 후로도 오랫동안 유미와 나는 같은 동네 같은 집에서 살았다. 유미는 취직하자마자 사귀던 대학 동기 무라세와 동거를 시작해 나와 살던 집에서 나갔다. 나도 이사는 했으나, 유미가 떠난 후로도 같은 동네에 쭉 살고 있다. 무라세도 여전히 유미와 살던 그 집에서 산다. 유미가 떠난 후로도 매달 유미의 기일이면 무라세와 만나서 밥을 먹었는데, 그것도 코로나 때문에 흐지부지된 상태였다.

무라세, 잘 지내나…… 하고 생각한 순간, 페이스타임 착신이 왔다. 나는 계속 누워 있던 소파에서 일어나 안경을 썼다. 아소 씨려나 했는데 무라세였다. 화면에 크게 비친 무라세의 정수리는 머리카락이 심하게 뻗쳤고, 나도 보풀 잔뜩인 실내복 차림이었지만 무라세니까 뭐 어떤가 싶었다.

"자고 있었지?"

무라세가 무표정으로 말했다. 늘 이런다.

"아니, 그냥 좀 졸았어."

"잘 지냈어?"

"그럭저럭."

"결혼 상대 찾기는?"

"그냥저냥."

"요즘은 지뢰 같은 놈한테 걸리지 않았어?"

"글쎄…… 지금 사람이 그러려나?"

내가 말하자 무라세가 푸하하하 입을 크게 벌리고 웃었다. 나는 웃지 않았다. 한번은 앱에서 만난 사람이 스토커처럼 회사나 집 앞에서 기다리는 바람에 무라세에게 상담한 적도 있었다. 심야에 우리 집에 찾아오기까지 해서 문 너머이긴 해도 큰 소리로 "경찰 부를 거예요"라고 말했고, 그 후로 아무 일도 없긴 했지만.

"새해 복 많이 받아."

내가 말하자 조금 간격을 두고 무라세가 말했다.

"……응. 너도 복 많이 받아."

앞으로 일주일 후면 유미의 기일이니까 새해 복이고 뭐고 무라세에게는 아무래도 상관없을 것이다. 나도 처음에는 그랬다. 그러나 서서히 감정이 마비되면서 다른 사람에게는 즐거운 새해니까 챙기지 않을 필요는 없다는 쪽으로 생각이 바뀌었다. 나를 이 세상에 맞추는 것 같아 저항을 느끼긴 한다.

헛기침을 한 번 하고 무라세가 말했다.

"이번 기일에 밥이라도 먹지 않을래? 뭐, 코로나가 이러니까 그냥 한 시간 정도, 거리두기 수칙을 잘 지키면서."

"그러네⋯⋯. 뭐, 잠깐이라면 간단하게."

"오케이. 그럼 매번 가는 가게로 괜찮아?"

"응, 좋아."

그렇게 우리는 시간을 정하고 신년 연휴가 끝나면 만나기로 했다.

그날, 그 가게에 먼저 도착한 사람은 무라세로, 안 가던 사이에 플라스틱 칸막이가 세워진 카운터 자리에 앉아 있었다. 가게에 들어온 나를 보자 어딘지 아득하고 투명한 눈빛을 지었다. 내 얼굴을 보고 유미를 떠올렸나 보다 생각하며 나는 벗은 코트를 가게 사람에게 건네고 무라세 옆에 앉았다. 무라세와 만나는 건 거의 1년 만이었다. 원래도 동글동글 굴러갈 것처럼 통통했던 무라세는 동글동글함이 더욱더 발달한 것 같았다.

"짧은 시간이니까 효율적으로 마셔야지."

무라세는 그렇게 말한 후 맥주를, 그리고 술을 못 마시는 나를 위해 우롱차와 꼬치구이, 채소절임 등을 척척 주문했다.

그날은 다시 코로나 긴급사태가 선포된 날이어서 평소에는 붐볐던 가게도 한산했고, 우리 이외에는 테이블 자리에 아저씨 2인조가 앉았을 뿐이었다. 그래서 술도 요리도 금방 나왔다.

"그럼 먼저 유미에게."

그렇게 말하며 무라세가 맥주잔을 들었다.

"그리고 코로나 시대를 살아가는 아야와 나를 위해서 건배."

마스크를 내리고 우리는 각자 잔에 입을 댔다.

무라세는 문구 회사에서 영업직으로 일한다. 그러나 무라세와 서로 일 이야기를 나눈 적은 없다. 유미가 살아 있을 때부터 그랬고, 유미가 떠난 후로는 언제나 유미 이야기만 했다. 무라세가 크림빵 같은 손으로 젓가락을 능숙하게 쥐고, 아작아작 소리를 내며 채소절임을 먹었다. 대학 시절 유미가 무라세를 소개했을 때, 유미의 취향은 어려서부터 바뀌지 않는다고 생각했다. 유미와 나는 남자 취향이 정반대다. 유미는 예전부터 어딘지 둥그런 곰 같은 사람을 좋아했고, 나는 키가 크고 마른 사람을 좋아했다. 둘 다 얼굴은 그렇게 따지지 않았다. 역시 이왕이면 성격 좋은 사람이 좋았다. 곰 같은 무라세는 언제나 유미에게 다정했고, 나는 유미에게 다정하게 구는 무라세를 인간적으로 좋아했다. 내 연애는 대체로 오래가지 못했으니까, 다정한 무라세와 오래 사귀는 유미가 솔직히 부러웠다.

서른 살이 되면 결혼할 거야. 그게 죽기 전 유미의 말버릇이었다.

나도 유미와 무라세가 당연히 결혼하리라 믿어 의심치 않았다.

내 오른쪽에 앉은 무라세의 얼굴을 잠깐 바라보았다. 유미가 죽은 후로 나도 무라세도 3년이라는 세월을 살았다. 무라세는 훨씬 더 나이를 많이 먹은 아저씨처럼 보였다. 그래도 어쩌면 나도 마찬가지일지 모르고, 가까운 사람의 죽음을 경험하면 사람은 단숨에 늙는 걸 수도 있겠다고 생각하자 역시 어이없이 죽어버린 유미가 얄미웠다. 나는 물어보았다.

"무라세, 이제 연애는 안 해?"

"뭐야, 갑자기."

"지금 사귀는 사람 없어?"

무라세가 맥주를 한 모금 마시고 대답했다.

"전혀 없거든. 그런 거, 없어."

"회사에서 마음에 드는 사람도 없고?"

"으음……."

"인제 그만 괜찮지 않아? 소개팅 앱이든 뭐든 하면 좋을 텐데."

"너처럼 공격적으로 못 하겠더라, 좀처럼."

그러면서 무라세가 팔짱을 꼈다.

"코로나도 무섭고……."

"그런 소리나 하면 평생 연애 못 한다. 정신 차리고 보면 할아버지가 될 거야."

"그래도 뭐……."

곤란한 표정인 무라세를 괴롭히는 기분이 들었지만 그래도 나는 말했다.

"유미에 대한 마음, 여전해?"

내가 묻자 무라세는 입을 한일자로 다물고 살짝 고개를 숙였다. 앞에서 구워지는 꼬치구이의 연기가 매캐해서 좋아하는 스웨터에 냄새가 배겠다고 생각하며 나는 무라세의 말을 기다렸다.

"태어나서 처음 사귄 사람을 그렇게 금방 잊을 수는 없어. 왜냐하면 갑자기,"

'죽었으니까'라고 무라세는 말하지 않았지만 대충 그런 거겠지.

나는 화제를 바꿔 일에 대한 불평이나 소개팅 앱 이야기나(아소 씨 이야기는 하지 않았다) 아보카도 씨앗을 심은 이야기를 했다.

"아보카도! 그거 일단 싹이 트면 무럭무럭 자라서 어디 놔두기도 힘들어. 유미도 대학생 때 심은 적 있었어. 우리 집에 갑자기 그걸 심으라고 하지 뭐야."

유미가 아보카도를 심었다는 이야기는 처음 듣는다고 생각하며 나는 말했다.

"나는 그렇게까지는 키우지 못할걸, 아마. 내 손가락은 식물을 키우는 초록색 손가락이 아니라 식물을 말려 죽이는 갈색 손가락일 거야."

"유미랑 같네. 그 아보카도도 어느새 말라버렸어."

무라세는 그 말을 마치고 또 입을 다물었다. 무라세에게 호감 같은 건 전혀 없지만 나에게 이 사람은 가족이나 마찬가지다. 유미와 결혼했으면 내 매제다. 그러니까 무라세가 기운 차리기를 바랐다. 기운 냈으면 좋겠다.

"다음 달 기일에 또 만나지 않을래? 지금처럼 짧은 시간만."

"그럴까……. 아, 벌써 시간 다 됐네. 여기 계산 부탁합니다."

지갑을 꺼내며 무라세가 가게 주인에게 말을 걸었다. 정확하게 한 시간. 우리는 만나서 대화했다. 대충 절반의 금액을 무라세에게 주는데, 무라세가 내 어깨 부근을 보며 입을 열었다.

"아야, 머리 안 잘라?"

"미용실 가는 것도 왠지 좀 무서워서. 그래서 그냥 길렀어."

"흐응" 하고 반응하며 무라세는 부자연스럽게 내 시선을 피했다.

유미와 닮았다고 생각하는 거겠지. 어렸을 때부터 유미는 머리를 길게 길렀고 나는 계속 짧게 쳤다. 그러지 않으면 얼굴을 구분할 수 없었으니까. 코로나로 난리가 난 후 자라는 대로 그냥 둔 머리카락은 어깨를 넘어 빗장뼈 근처까지 내려왔다. 요즘은 나도 세면대에서 거울을 볼 때마다 유미가 여기 왜 있지 하고 놀라곤 한다. 그래서 집에 있을 때는 대충 끈으로 묶었다. 그래도 무라세의 말을 듣고 처음으로 머리를 자를까 싶었다. 이번 주말에라도 머리를 산뜻하게 자르자. 술집의 낡은 문을 열며 나는 생각했다. 아소 씨는 어떤 모습의 내가 더 취향일지도 궁금했다. 새해가 된 후로는 라인 메시지만 주고받는 날이 이어졌다.

'지금 일이 또 너무 바빠서.'

이렇게 나오니까 뭐라고 할 말도 없다.

"그럼 다음 달에 또 봐."

무라세가 인사해서 나도 대답했다.

"응, 또 보자."

우리는 술집 앞에서 헤어졌다. 나는 그 자리에 서서 자기 집으로 가는 무라세의 뒷모습을 바라보았다. 발걸음이 불안정했다. 저래서 괜찮을지 걱정이지만 집까지 바래다줄 생각은 없었다. 나도 목도리를 목에 둘둘 두르고 내 집으로 혼자 돌아왔다.

그렇게 다음 달에도 나는 또 무라세와 같은 술집에서 한 시간만 같이 있기로 약속하고 만났다.

데이트와도, 친구와의 술자리와도 다른 애도하는 모

임이다. 두 번째로 자숙 기간이 실시되어서 또 재택근무를 하며 투덜투덜 살아가는 내게 무라세와의 만남은 좋은 숨구멍이었다. 무라세라면 다른 사람에게는 말할 수 없는(아소 씨도 포함해서) 유미 이야기를 뭐든 할 수 있었다. 마치 아직 살아 있는 사람 이야기를 하는 것처럼. 술을 마시고 자면 지축을 뒤흔드는 것처럼 코를 고는 것(나는 술을 못 마시고 코도 골지 않는다). 요리 감각이 그저 그런 것(이건 나도 유미 못지않다). 길에서 고양이 소리가 나면 쭈쭈쭈 혀를 차며 야옹아 야옹아 하고 고양이를 부르는 것(이건 나도 마찬가지). 나와 무라세 이외의 인간에게는 아무래도 좋을 것들뿐이다. 그래도 그게 좋았다.

연인이 갑자기 죽는 경험을 나는 해본 적 없으니까 모른다. 무라세도 쌍둥이 반쪽을 잃은 내 마음을 영원히 모를 테지. 그래도 소중한 사람을 잃었다는 사실이 서로에게 커서, 너무도 커서 그 체험을 공유할 사람이 있어 안도하는 것도 사실이었다. 괴로운 건 나뿐만이 아니다. 그렇게 생각하면 나는 앞으로도 새까만 어둠 속으로 추락하지 않고 살아갈 수 있을 것 같았다.

그러나 무라세에게 기대려는 마음은 전혀 없었다.

또 유미 이야기를 이렇게 마음 터놓고 하는 건 한 달에 딱 한 번, 무라세와 만날 때만이라고 정해두었다. 유미에 관해서 아소 씨에게 말한 걸 나는 조금 후회하니까. 아무리 많이 좋아하는 사람이라도 자기 인생에 생긴 큰 사건에 대해 말하는 것은 곧 무거운 짐 절반을 같이 들어달라고 말하는 것이다. 아소 씨도 틀림없이 당황했을 것이다. 그때 여름 해변에서 유미의 죽음을 갑자기 말한 내게 아소 씨는 조금 흠칫하고 당황하지 않았을까. 그래서 요즘 들어 라인 답변도 자꾸 늦어지는 거 아닐까…….

무라세와 만난 밤, 집에서 젖은 머리카락을 말리다가 예전에 유미가 했던 말이 생각났다. 우리가 모두 취업에 성공하고 처음 맞는 황금연휴 중 어느 하루였다. 무라세와 유미의 집에서 피자를 시키고 다 같이 술을 마셨다(나는 콜라). 무라세는 아직 한참 더 마셔야 한다면서 편의점에 가고 없었다. 유미도 제법 취해서 얼굴이 시뻘겠다. 아직 5월이었는데도 후덥지근했고, 그래도 에어컨을 켤 정도는 아니어서 베란다 창문을 활짝 열고, 나와 유미는 차가운 마룻바닥에 나란히 누워서 하얀 커튼이 밤바람에 흔들리는 모습을 그저 묵묵히 지켜보았다.

"무라세를 빼앗아 가지 마."

갑자기 유미가 말했다.

"뭐라고? 빼앗을 리가 없잖아. 왜 그런 소리를 해? 내 타입 전혀 아니거든?"

유미는 벌러덩 누운 채 두 팔을 머리 위로 있는 힘껏 뻗었다. 그러면 마른 유미의 몸이 얇아져서 마치 마룻바닥에 쿡 박히는 것 같았다.

"내가 그럴 리가 있니!"

나는 발로 유미의 허벅지 근처를 가볍게 걷어찼다.

"아야, 의외로 다정하니까."

"뭐라는 거야."

유미가 그때 왜 그런 말을 했는지 지금도 잘 모르겠다. 그래도 갑자기 그 말이 생각난 건 유미가 죽은 후에도 무라세와 만나기 때문일까. 질투심이 대단한 유미니까 말이 안 되는 건 아니다. 그렇지만 무라세와 내가 어떻게 된다는 건 정말이지 말도 안 된다. 나는 머리카락을 말리며 스마트폰을 살폈다. 라인으로 계속 대화를 나누지만 아소 씨의 답변은 간헐적이다. 오다가 말다가. 마지막 메시지는 1월 말, 매번 하는 소리인 '지금 일이 바쁘거든, 미안해! 정리되면 연락할게'로 멈췄다.
작년 12월 31일 이후로 아소 씨와 만나지 않았다. 계속
이럴 거면 그냥 다른 사람을 만나는 게 좋을까……
아소 씨를 정말 좋아하면서도 외로움 탓에 내 마음은
이리저리 흔들렸다. 앱을 통해 다른 사람과 대화를 시
작하는 것도 귀찮았다. 게다가 누군가와 대화를 시작
하면 그거야말로 아소 씨와 지금까지 맺은 관계가 단
숨에 무너질 것 같아서 두려웠다.

머리가 길어서 도무지 빨리 마르지 않는다. 거울에
유미가 비쳤다. 아아, 이런 얼굴로 무라세와 만나는 건
좋지 않겠다는 생각이 진심으로 들어서, 나는 그 자리
에서 스마트폰으로 미용실을 예약했다.

"시원하게 잘라주세요."

늘 담당하는 미용사에게 요구했다.

"네? 정말로요? 정말 괜찮으세요?"

미용사가 주춤주춤 내 머리카락을 가위질했다. 싹둑
싹둑 가위 소리가 들리고, 머리 다발이 하얀 케이프 위
를 미끄러져 떨어졌다. 얼굴과 목이 차츰차츰 미용실의
자연광에 드러나자, 나도 착실하게 나이를 먹었다는 생
각이 자연히 들었다. 서른두 살이라는 나이가 젊은지

아닌지 나는 모른다. 그래도 결혼이란 건 한번 해보고 싶었다. 웨딩드레스를 입고 싶거나 비싼 결혼반지를 끼고 싶은 건 아니다. 서로 좋아하는 마음이 점점 커져서, 그 사람과 함께 살아보고 싶었다. 그 상대가 아소 씨라면 좋겠다. 하지만 그렇지 않다면…….

"와! 훨씬 어려 보여요! 좋은데요!"

오일로 머리카락을 정돈해주면서 미용사가 소리 높여 말했다. 그냥 하는 말일지도 모르나 그래도 기뻤다. 거울 속의 내 모습이 유미가 아니라 아야여서 간신히 나로 돌아온 것 같았다. 한겨울에 머리를 짧게 자르면 무진장 춥다는 것도 나는 까맣게 잊고 살았는데, 아무튼 이 머리로 아소 씨와 만나고 싶어서, 이 머리를 아소 씨에게 보여주고 싶어서 아소 씨에게 라인 메시지를 보냈다. 읽기는 했지만 답은 없다. 일이 아직 바쁜가. 슬프네. 나는 미용실에서 돌아오며 딸기 생크림케이크를 하나 샀다. 먹기 전에 유미 사진 앞에 공양했다. 짧게 5분만. 그런 다음 천천히 정성스레 커피를 타고, 나만의 집에서 나만을 위한 케이크를 먹었다. 크림은 달콤하다. 딸기는 시큼하다. 마치 인생 같다.

문득 아보카도 씨앗이 담긴 유리잔을 봤다. 꼭대기

에 초록빛 싹이 작게 돋았다. 으악, 나는 혼자 소리를 지르며 스마트폰으로 여러 각도에서 사진을 찍었다. 커튼을 젖혀둔 창문으로 드리운 석양이 그대로 유리잔을 투과해 벽에 일곱 색의 빛을 만들었다. 아보카도 사진을 무라세와 아소 씨에게 보냈다. 무라세에게서 곧바로 답이 왔다.

'해냈네!'라고.

아소 씨는 답이 없다. 메시지를 확인하지도 않는다. 하이고 이건 머이 우짜란겨, 하고 되지도 않는 사투리를 중얼거리며 나는 케이크의 마지막 한 조각을 입에 넣었다.

그러던 어느 날, 짧은 머리가 된 나를 아소 씨에게 보여주지도 못한 채 투덜투덜 지내던 주말, 전철에서 그 일이 벌어졌다.

전철 어디선가 아기가 울음을 터뜨렸다. 나는 솔직히 말해서 아기 울음소리가 좀 불편하다. 그렇다고 그런 감정을 겉으로 드러내는 것도 싫다. 그래도 마스크를 썼으니까 그 아래로 떨떠름한 표정을 지어도 아무도 모르겠지만. 옆에서 손잡이를 잡고 선 아저씨처럼 뭐 하자는 거야, 시끄러워 죽겠네, 라는 느낌으로 아기 쪽을 노골적으로 보지는 말아야지. 그러나 아기는 도무지 울음을 그치지 않았다. 나도 슬슬 짜증이 났다. 전철에 사람이 이렇게 많은데 코로나가 무섭지 않나. 일단 내려서 달래는 게 좋을 텐데, 이런 생각이 솟구쳐 나도 모르게 아기 쪽을 보고 말았다.

거기에 있었다. 아소 씨가. 아소 씨는 12월 31일에 봤던 까만 패딩을 입고, 무릎 위에 역시 본 적 있는 까만 가방을 올려놓았다. 옆에는 울음을 그치지 않는 아기를 안은 긴 머리의 여자가 있었다. 멀리서 봐도 좋은 의미에서 엄마로 보이지 않는 예쁘고 섹시한 사람이었다. 여자가 아기를 안고 이리저리 흔들어도 아기는 울음을 그치지 않았다. 심장이 바늘로 후벼 파이는 것처럼 아팠다. 그냥 못 본 거로 해두면 돼, 수없이 생각했다. 저 사람들은 아소 씨의 누나와 조카일지도 모른다. 그러나 그들 옆에 앉은 아소 씨는 아기 장난감을 아기 얼굴 앞에서 흔들며 어르는 중이다. 남동생이 그렇게까지 할까. 빤히 보면 안 된다고 생각하면서도 내 얼굴은 아소 씨에게 고정되었다. 아소 씨와 아기를 앞으로 안은 여자가 일어났다. 갈아타는 역이다. 여기에서 갈아타면 아소 씨 집에도 갈 수 있다. 어쩌면 좋지, 라고 생각할 겨를도 없이 나는 전철에서 내렸다.

다른 노선으로 이어지는 지하 통로를 지나, 나는 아소 씨와 아기를 앞으로 안은 여자를 놓치지 않으려고 쫓아갔다. 그런다고 뭐가 어떻게 되는 것도 아닌데 쫓아갈 수밖에 없었다. 그러다 스마트폰을 들여다보며 걷는 남자와 부딪칠 뻔했다.

"죄송합니다!"

나는 큰 소리로 사과했다. 그런데도 마스크 위로 드러난 눈이 화나 있다는 걸 알았다. 서두르지 않으면 두 사람(정확히는 세 사람)이 다른 노선의 개찰구로 들어가 버린다. 내가 지금 뭘 하고 싶은 건지 모르겠는데 그래도 두 사람의 뒤를 쫓았다. 개찰구 앞에서 두 사람이 멈춰 섰다. 아마도 여자가 교통카드를 꺼내느라 조금 시간이 걸리는 듯했다. 두 사람은 지금 개찰구 옆에 서 있었다. 그때, 나도 모르게 큰 목소리로 외쳤다.

"아소 씨!"

아소 씨가 듣지 못했다. 그래서 조금 더 다가가서 소리 높여 말을 걸었다.

"아소 씨!"

마스크를 쓴 아소 씨가 나를 알아보았다. 표정은 모

르겠다. 그러나 눈이 휘둥그레졌다. 옆에 선 여자도 나를 바라봤다.

"어떻게 된 거예요?"

사실은 이게 내가 하고 싶었던 말이지만, 사람이 이렇게 많은 곳에서 아소 씨를 몰아세울 생각은 없었다. 나는 아소 씨가 아니라 여자에게 말했다.

"회사 일로 언제나 아소 씨에게 많은 신세를 지고 있어요."

그렇게 말하며 여자가 안은 아기를 봤다. 아소 씨를 쏙 빼닮았잖아. 파란 털모자를 쓴 아기는 아마도 남자애. 이 여자와 아소 씨가 남매여도 아기는 아소 씨를 조금은 닮겠지만, 그 이상으로 닮았다. 게다가 만약 남매라면 아소 씨가 "누나예요"나 "여동생이에요"라고 바로 말할 것이다. 아무런 말이 없는 아소 씨의 얼굴도, 여자의 얼굴도 보지 않고 나는 말했다.

"올해도 모쪼록 잘 부탁드립니다."

고개를 들자 아기만 내 얼굴을 보고 있었다. 작은 주먹을 입에 넣고 있어서 입 주변이 침으로 축축했다.

"정말 귀엽네요."

"3개월이에요."

내 말에 여자가 묻지도 않았는데 웃으며 대답했다. 마스크를 써서 얼굴은 잘 모르지만, 눈만 봐도 알 수 있었다. 이 사람은 정말 아름다운 사람이구나. 그렇게 생각하며 내가 아소 씨와 관계를 시작한 게 작년 겨울이고, 그렇다면…… 하고 머릿속으로 싫은 계산을 시작했다. 아소 씨가 여전히 말이 없었기 때문에 내가 더는 이 두 사람 앞에 있을 의미가 없다. 나는 꾸벅 인사하고 그 자리를 떠났다.

돌아오는 길, 술을 마시지도 못하면서 편의점에서 스트롱제로 큰 캔을 두 개나 살 정도로 나는 충격을 받았다. 손도 씻지 않고 입도 헹구지 않고 코트도 벗지 않고, 마스크만 옆으로 살짝 치운 채 나는 캔을 땄다. 조금 바닥에 흘렸으나 알 게 뭐야. 꿀꺽, 한 모금 마셨을 뿐인데 불덩어리가 위장에 떨어진 것 같다. 그래도 나는 아무것도 먹지 않고 마셨다. 그 자리에 쪼그려 앉아 아소 씨에게 라인 메시지를 보냈다.

'어떻게 된 거예요?'

'부인이 있었던 거예요?'

'자식도 있었네요?'

'그걸 숨기고 나랑 사귄 거예요?'

지금쯤 아소 씨의 스마트폰은 라인 착신음이 딩동딩동 울리거나 부들부들 진동하고 있겠지만, 아소 씨는 전혀 메시지를 읽지 않았다. 나는 스마트폰을 소파에 집어 던지고 코트를 입은 채 바닥에 드러누웠다. 술기운이 다리에서부터 전신에 도는 것 같았다. 이마만 유난스레 들끓었는데, 감기가 아니라 술기운 때문이다.

　문득 테이블 위를 보자, 유리잔 속의 아보카도에서 떡잎 같은 것이 자라 있었다. 어느새……. 매일 물을 갈아주던 게 이틀에 한 번이 되었다가 사흘에 한 번이 되었고, 최근 들어서는 저번에 물을 간 게 언제였더라 하는 상태가 되었다. 처음 아보카도에 품었던 흥미가 날이 갈수록 줄어들었다. 내가 오지 않는 아소 씨의 라인 메시지를 기다리거나 머리카락을 짧게 자르는 사이, 아보카도는 새침한 얼굴로 성장하고 있었다. 왠지 아보카도가 얄미웠다. 사람 마음도 모르고……. 갑자기 저 싹을 따버릴까 하는 잔인한 생각이 솟구쳤다. 나는 엄지와 검지로 떡잎을 잡았다. 손가락에 힘을 줬다. 어떤 기사에서 식물도 감정이 있다고 읽은 적이 있는데, 그게 맞는다면 지금 아보카도는 아아악 비명을 지르고 있겠지. 그때 생각했다.

유미처럼 젊은 나이에 죽어버린 사람을. 착한 사람은 원래 일찍 가는 법이라느니, 유미가 워낙 사랑스러운 아이니까 하느님의 부름을 받은 거라느니, 장례식 때 사람들이 제각각 내게 말했다. 위로하려고 하는 말일 테지만, 전혀 위로되지 않았다. 헛소리 집어치우라고 생각했을 뿐이었다. 그래도 만약 하늘 위에 수명을 관장하는 하느님이 있다면, 이런 식으로 유미의 목숨을 뽑아 갔을까……. 그런 생각이 들어서 역시 떡잎에 더는 위해를 가할 수 없었다. 유미도 없고, 아소 씨도 이젠 글러먹었다. 그렇게 생각하자 눈물이 끝없이 차올랐다.

남은 술을 한참 동안 마셨는데 그래봐야 한 캔이 고작이었고, 정신을 차리자 나는 무라세의 집 앞에 있었다. 길가에 보이는 2층 부엌 창문에 불이 켜져 있었다. 나는 발치의 작은 돌을 주워 창문에 던졌다. 술에 취해 잘 맞지 않아 두 번, 세 번 던지자 콩 소리가 났다. 그림자가 창문에 접근하더니 무라세가 고개를 내밀었다. 어둠 속에 서 있는 나를 발견했다.

"아아……."

무라세는 한숨 같은 소리를 내고 현관 쪽을 가리켰다. 나는 무라세의 아파트 현관을 향해 비틀비틀 걸어갔다. 엘리베이터에서 내리자, 복도 제일 안쪽 집 앞에서 무라세가 문을 열고 기다리고 있었다.

"놀랐어. 유미랑 똑같은 행동을 하네. 유미도 술에 취하면 창문에 종종 돌을 던졌는데."

무라세의 말을 끝까지 다 듣기도 전에 나는 외쳤다.

"연인이라고 생각한 사람한테 아내와 자식이 있었어 어어."

"으악, 술 냄새. 앗, 그런데 머리 잘랐네?"

무라세가 이 상황에 전혀 중요하지 않은 소리를 지껄여서 화가 난 나는 현관에 신발을 내팽개치고 집 안으로 들어갔다. 유미가 떠난 후로 두 번쯤 무라세와 유미가 살던 이 집에 온 적이 있었는데, 최근에는 무라세의 집에 오지 않았다. 현관에는 유미가 고른 고양이 무늬 매트가 깔렸고, 벽에는 유미가 좋아하던 작가의 까만 고양이 태피스트리가 여전히 걸려 있었다. 그걸 보자 술기운이 싹 가셨다.

이 방에 유미가 여전히 있는 것 같았다. 세면대를 빌려 손을 씻고 입을 헹궜다. 문득 옆을 보니 소름 끼치게도, 거기에는 익숙한 유미의 칫솔까지 있었다. 분명 옷장에는 유미의 옷이 걸려 있을 것이다. 괴로워서 여기에 찾아와놓고 나는 오히려 무라세가 걱정되었다. 칫솔을 들고 무라세에게 달려가 외쳤다.

"그만 버려. 이러면 안 좋아."

"……."

무라세는 나를 바라보지 않고 묵묵히 페트병에 든 차를 잔에 따랐다. 그래도 나는 말했다.

"안 좋다니까. 이런 거. 유미는 이제 없어."

"없어지지 않았어. 아직 내 여기에."

그렇게 말하며 무라세는 손바닥으로 자기 심장 주변을 만졌다.

"유미는 아직 여기 있어."

"무라세, 그래도 좋아? 그렇게 나이를 먹을 거야? 네 인생도 있잖아. 앞으로 유미 이상으로 좋아하게 될 사람이 나타날지도 모르고, 결혼하고 싶은 사람과 만나게 될지도 몰라."

"그런 사람은 이제 없어."

"그럼 이대로 유미만 생각하면서 늙을 거야?"

"……."

나는 무라세의 팔 사이에 내 손을 넣었다. 살짝 따뜻했다. 사실은 무라세가 아니어도 괜찮았을지도 모른다. 나는 오늘 밤, 배고픈 늑대처럼 사람의 이런 온기에 굶주렸다. 나는 유미가 된 기분으로 말했다.

"무라세, 나는 그만 잊어줘. 네 인생을 살아. 그러지 않으면 나는 성불하지 못해."

나는 무라세의 심장 근처에 머리를 가져다 댔다. 두근두근, 무라세의 고동을 느꼈다. 무라세가 내 팔을 획 떠밀었다.

"아야, 그만해."

감정 없는 무라세의 목소리가 머리 위에서 내려왔다. 그 말을 듣고 나는 무라세의 집에서 뛰쳐나왔다. 안아주는 것 정도는 괜찮잖아. 그렇게 생각했지만 역시 내가 안기고 싶은 사람은 아소 씨였다. 밤길에 멈춰 서서 스마트폰을 확인했다. 내가 보낸 메시지를 전부 읽었으나 역시 답변은 없었다. 아소 씨, 멍청이. 무라세, 멍청이. 나도 멍청이. 밤하늘에 별이 반짝였는데, 그러고 보니 겨울에 아소 씨가 쌍둥이자리를 알려주겠다고 했던 게 떠올라서 눈앞의 경치가 눈물로 일렁일렁 흔들렸다.

아소 씨가 라인 메시지의 답변을 보낸 것은 그로부터 일주일이 지난 한밤중이었다.

'아야 씨, 지금까지 말하지 않아서 미안해. 사실 나

는 아내가 있고 애도 태어났어. 그래도 계속 별거 중이었어. 이혼할 생각으로 헤어졌는데, 정월에 만났더니 역시 내 자식이 귀엽더라.'

거기까지 읽고 나는 스마트폰을 이불 위에 던졌다.

아소 씨에게 속아 넘어간 분노도 당연히 있었으나, 모든 원흉은 내가 그러안은 쓸쓸함 때문인 것 같았다. 나는 유미처럼 마음을 전부 보여줄 수 있는 연인을 갖고 싶었고 갈망했다. 그러나 현실 세계에서 잘 풀리지 않아 소개팅 앱에 도움을 구했다. 앱을 통해 만나는 사람은 어디서부터 어디까지가 진실인지 알 수 없다. 아소 씨처럼 사실은 별거 중인 기혼자이면서 독신인 척 굴며 상대에게 접근하려는 사람도 있다. 앱으로는 그런 걸 간파할 수 없다. 물어볼 타이밍은 얼마든지 있었는데, 빤히 보였으면서 못 본 척한 건 나였다. 아소 씨까지 잃으면 너무 슬플 테니까. 유미가 떠나고 코로나로 사람과 만나지 못해 나는 외로움에 겨운 인간이 되고 말았다. 그래, 사실은 코로나가 나쁜 거다. 내가 이런 꼴이 된 것도, 무라세가 새로운 연인을 못 찾고 유미에게 집착하는 것도 전부 코로나 탓이다. 그런 거로 하고 싶었다.

불현듯 테이블 위의 아보카도 유리잔에 시선이 갔다. 떡잎이 마치 양팔로 만세를 한 것처럼 잎을 펼쳤는데, 그 모습이 역시 너무도 열받았다. 앗, 그런데 이거, 이 상태로 자라게 둬도 되나? 이런 걸 물어볼 사람은 역시 무라세뿐이어서 나는 지난번 일을 사과하며 무라세에게 라인 메시지를 보냈다.

무라세도 일주일 넘게 답을 보내지 않았다. 아소 씨에게서 그 후로 라인 메시지가 몇 개쯤 더 왔지만 나는 확인하지 않았다. 기혼자, 그것도 자식까지 있는 사기꾼과 놀아줄 만큼 한가하지 않다. 앱으로 다음 상대를 찾아야지 싶었으나 또 똑같은 일이 생길 것 같아서 두려웠다.

쌀쌀한 날이 이어지고 당장이라도 눈이 내릴 듯한 밤, 나는 혼자 쓸쓸히 집에 돌아왔다. 문손잡이에 뭔가 커다란 비닐봉지가 걸려 있었다. 뭐지? 살펴보니 동그란 화분과 흙이 담긴 비닐봉지 따위가 들어 있었다. 그리고 편지.

'다음 기일에 만나는 걸 마지막으로 하자.'

잘 쓴다고 하기 어려운 무라세의 글씨로 그렇게 적혀 있었다. 심장이 욱신거렸다. 내가 그런 짓을 했으니까, 그런 소리를 했으니까 어쩔 수 없다고 생각하면서도, 이제 영원히 무라세와 만나지 못할지도 모른다고 생각하자 어지러웠다. 나는 도대체 얼마나 많이 가까운 사람을, 곁에 있는 사람을 잃어야 하나. 자꾸만 닥치는 불운에 나도 모르게 무너질 뻔했다. 그래도 묵직한 비닐봉지를 고생고생해 집으로 옮겼다.

손을 씻고 입을 헹구고 실내복으로 갈아입었다. 유리잔에 든 아보카도를 살폈다. 아래에서는 하얀 뿌리가, 위에서는 길쭉한 싹이 벌써 10센티미터 정도 자랐다. 딱 봐도 유리잔이 답답해 보였다. 흙이 쏟아질지 모르니까 큰 종이봉투를 잘라서 펼쳤다. 비닐봉지에는 발아 후 화분에 옮겨 심는 방법이라는 인터넷 정보를 출력한 종이도 들어 있었다. 우선 화분 바닥 전면에 자갈을 깐다. 이어서 흙을 절반쯤 넣고 아보카도 씨앗을 놓는다. 그런 다음에 또 틈새를 흙으로 채운다. 읽으면 간단하지만 손재주 없는 내가 하려니까 상당히 시간이 걸렸다. 이렇게 자그마한 생명인데 키우는 게 이토록 힘들 줄이야.

그때 갑자기 생각났다. 나와 유미를 키워준 우리 부모님이.

"너희를 키우는 동안에는 제대로 자지도 못했어."

엄마가 말하면 나는 이렇게 대꾸했다.

"부모니까 당연히 그래야지. 다른 자식이 더 있는 것도 아니면서."

하지만 엄마도 아버지도, 말 그대로 내게 아낌없는 애정을 퍼부으며 키워줬다. 아버지는 대단치 않은 보험 회사에 다녔지만 어려서부터 돈 때문에 곤란한 적은 없었고, 유미도 나도 대학까지 보내줬다. 그런 아버지가 유미의 장례식 때 오열하던 모습을 떠올리자 역시 가슴이 아팠다. 엄마는 관에 누운 유미의 얼굴을 하염없이 쓰다듬었다. 관 뚜껑이 닫힐 때까지 계속……. 종이봉투 위에 퍼진 흙을 주워 모으며 유미의 몸을 화장한 후에 화장터 직원이 이런 식으로 유미의 가느다란 뼛조각을 주워 모았던 걸 떠올렸다. 가슴이 찡하게 아팠다. 나는 흙이 묻은 손가락으로 스마트폰을 들고 집에 전화를 걸었다. 엄마가 바로 받았다.

"여보세요, 엄마……."

"아야, 잘 지내니? 코로나는 괜찮아?"

"응, 나야 완전 괜찮지. 엄마도 아버지도 건강해요?"

"아버지는 허리가 좀 아프다는데 매번 그러니까."

"그렇구나……."

"아야, 무슨 일 있었니?"

"어?"

"아야가 웬일로 전화를 다 걸었나 싶어서. 엄마가 전화해도 바쁘다면서 금방 끊잖니."

그러면서 엄마가 웃었다. 그 목소리가 너무도 그리웠다.

"갑자기 엄마 목소리가 듣고 싶을 때도 있지."

"어머나, 웬일이니. 그래도 좀 안심했다."

"왜요?"

"유미랑 달리 너는 약한 소리를 전혀 안 하잖니. 예전부터 그랬어. 너무 열심히 노력하니까 엄마는 늘 그게 마음에 걸렸어."

지금 막 옮겨 심은 아보카도가 눈앞에서 일렁일렁 흔들렸다. 그래도 우는 걸 들키기 싫어서 필사적으로 참았다.

"기운차게 지내야 한다. 아니야, 기운차지 않아도 돼. 네가 있어주기만 하면 그걸로 충분해."

"네……."

"코로나가 진정되면 집에 꼭 오렴. 아버지도 엄마도

우리 딸을 다시 볼 날을 기대하니까."

"응. 코로나 빨리 끝나면 좋겠다."

"그러게. 코로나 같은 거에 지면 안 된다. 너는 소중한 내 딸이니까."

"엄마……."

"응?"

"나, 유미 몫까지 살 거예요. 결혼도 하고 자식도 낳을 거야."

"아야……."

"네?"

"그런 생각은 하지 않아도 돼. 너는 네 인생을 살아야지. 네가 어떤 삶을 살든 엄마는 언제나 네 삶을 응원하니까."

눈물이 뺨을 타고 흘러 바닥에 떨어졌다. 전화를 끊고 나는 한참이나 울었다. 아보카도 화분은 내 방에서 제일 볕이 잘 드는 베란다 창문 옆에 놓았다.

다음 달 유미의 기일, 나와 무라세는 늘 가는 가게에서 만났다. 카운터에 플라스틱 칸막이가 설치된 그 가게. 딱 한 시간이라는 약속을 하고. 무라세는 역시 효율적으로 마셔야 한다면서 자기 몫의 맥주와 나를 위한 우롱차, 꼬치구이와 채소절임을 척척 주문했다. 실없는 대화를 나눴다. 그러나 지금 내게는 그런 실없는 대화가 필요했다. 가게를 나서면서 무라세가 말했다.

"아보카도 시들게 두면 안 돼."

"이번에는 잘할 수 있을 것 같아."

대답하며 지금 어두컴컴한 집에 혼자 있을 아보카도를 생각했다. 나를 기다리는 사람은 아무도 없는데, 아보카도만은 내가 돌아오기를 기다려주는 것 같았다.

그날은 가게 앞에서 헤어지지 않고(둘 다 왠지 헤어지기 어려웠다), 나와 무라세의 집 중간쯤에 있는 작은 공원에 들렀다. 무라세가 공원 입구의 자판기에서 따뜻한 밀크티를 사줬다. 나는 바로 마시지 않고 코트 주머니에 넣었다. 아무 말 없이 그네 주변의 울타리에 앉아 한 겨울 하늘을 무심히 함께 바라보았다.

"나, 그 집에서 이사 갈 거야."

잠시 시간이 흐르고, 무라세가 마치 혼잣말처럼 말했다.

"아아, 드디어……."

"응. 네가 집에 와서 한 말, 계속 생각해봤어. 지금도 유미가 자꾸만 생각나. 그렇지만 이제 그만 앞으로 나아가야지. 너랑 유미 기일에 만나는 것도 이번을 마지막으로 하는 게 좋겠어."

그 말을 듣자 오늘 밤이 무라세와 이번 생의 작별 같아서 가슴 어딘가가 왠지 모르게 서글퍼졌다. 그래도 무라세는 앞으로 나아가려 한다. 나와 만나면 유미도 생각날 테지. 앞으로 나아가려는 사람을 방해하는 짓은 하기 싫었다. 그래도 나는 말했다.

"있지, 부탁이 하나 있는데."

어리둥절한 표정으로 무라세가 나를 바라봤다.

"아마도 우리, 이제는 만나지 못할 테니까 작별 포옹을 해줘."

무라세는 당황한 듯했지만, 나는 반강제로 무라세를 일으켜 세워 그 둥그런 몸을 안았다. 무라세는 내 몸을 안아주지 않았다. 나 이외의 사람의 형태와 체온. 코로나 이후로 나는 이런 것에 더욱더 사랑스러움을 느꼈다. 무라세는 살아 있다. 무라세의 몸에는 따뜻한 피가 흐르고, 강인한 삶이 깃들었다. 부디 이 사람을 행복하게 해주세요. 그리고 나를 행복하게 해주세요.

나는 마음속으로 하느님인지 누군지 모를 존재에게 기도했다.

"무라세, 내가 오늘만 유미가 되어줄까?"

무라세가 내 몸을 떨어뜨리고 더없이 진지한 목소리로 말했다.

"바보 같은 소리 하지 마. 유미랑 아야는 전혀 달라. 얼굴은 닮았어도 다른 사람이야."

무라세가 흐트러진 내 목도리를 둘둘 말아줬다. 무라세의 대답은 내 상상에서 1밀리미터도 벗어나지 않았지만, 그래도 그걸로 좋았다.

"무라세, 재미있는 걸 알려줄게."

나는 별이 빛나는 밤하늘을 가리켰다. 주변의 별보다 유달리 강한 빛을 내뿜는 두 개의 별이 반짝였다.

"저게 쌍둥이자리 별이야. 저 별은 유미랑 나."

그게 정말로 언젠가 아소 씨가 말했던 카스토르와 폴룩스라는 별이 맞을지는, 당연히 전혀 자신 없었다.

"겨울에만 볼 수 있대. 겨울이 되면 한 번이라도 좋으니까 생각해줘. 유미를, 그리고 나를."

그러자 마스크를 쓴 무라세의 얼굴이 잔뜩 구겨졌다. 그대로 우리는 공원에서 잠깐 울었다.

"그럼 또 봐."

공원 입구에 서서 다시 만날 생각이 없으면서도 또

보자고 말하는 면이 무라세답다고 생각했다.

"안녕."

나는 그 말을 남기고 무라세에게서 등을 돌려, 단 한 번도 돌아보지 않고 내 집으로 향했다. 때때로 고개를 들어 하늘을 봤다. 밝은 별이 두 개, 나를 쫓아오는 것 같았다. 주머니에 든 밀크티는 아직 살짝 따뜻했다. 무슨 일이 있어도, 어떤 일이 생기더라도 살아가야지. 나는 왠지 모르게 힘차게 생각하며, 무라세가 둘러준 목도리에 얼굴을 묻고 아보카도가 기다리는 내 집으로 발걸음을 옮겼다.

은종이색 안타레스

산을 향해 달리던 특급열차가 터널 몇 개를 지나 해안선을 따라 달리기 시작하자, 왼쪽 차창 가득히 바다가 보였다. 나는 반사적으로 의자 시트에서 엉덩이를 띄우고 창에 코를 바짝 대 오직 바다만 내 시야에 넣고 싶어졌다. 어린애처럼 "바다다! 바다!" 하고 괴성을 지르며 옆에 앉은 사람에게 알려주고 싶었다. 그러나 지금은 안 된다. 옆에는 생전 처음 보는 회사원 같은 남자가 앉아 있고, 나는 이제 어린애가 아니다.

열차가 달릴수록 바깥에 보이는 바다의 푸르름이 더욱 짙어졌고, 번쩍번쩍 기름기 반지르르한 한여름의 태양이 바다 표면에 비쳤다. 바다는 잔잔했다. 바위 울퉁

불퉁한 해안에 밀려들어 부서지는 파도만 하얗다. 아아, 빨리 저 바다에 온몸을 담그고 미친 듯이 바다에서 헤엄치고 싶다. 그런 생각만 해도 사타구니가 움찔한다. 성적인 의미는 아니다. 롤러코스터의 가장 높은 위치에서 지금 막 떨어지려는 순간처럼, 바다에서 헤엄친다고 생각했을 뿐인데 부들부들한 깃털이 내 온몸을 살짝 쓰다듬는 것 같은 그런 쾌감에 휩싸인다.

나는 8월 8일 한여름에 태어났다. 사자자리다. 어제 열여섯 번째 생일을 맞이했다. 여름에 태어나서 그럴까? 나는 여름이 좋다. 여름이 오면 드디어 나의 계절이 온 것 같다. 아무리 기온이 올라가도 좋다.

우리 가족이 사는 아파트가 있는, 복작복작 집들이 나란한 동네, 도쿄 특유의 높은 습도와 에어컨 실외기에서 내뿜는 열풍, 아스팔트도 녹을 듯한 한여름 날, 마신 물이 오줌이 될 겨를도 없이 땀이 되어 흐르는 것 같은 그런 날도 나는 정말 좋아한다.

반대로 겨울은 영 별로다. 몸은 잔뜩 쪼그라들어서 굳어지고, 애초에 추위 자체에 극단적으로 약하다. 하루 내내 담요를 둘둘 두르고 집에 박혀 있고 싶다. 현실적으로 그럴 수는 없으니 유니클로 히트텍 셔츠와 바지를 세 겹이나 겹쳐 입고 학교까지 거의 기어간다. 겨울, 눈, 이런 소릴 듣기만 해도 내 관자놀이는 욱신 욱신하다.

여름을 이렇게 좋아하는데도 작년 여름은 최악이었다. 고등학교 입시 때문에 학원 하기 강습에 다니느라 음울한 얼굴인 수험생들과 함께 교실에 갇혀 바다에도 수영장에도 못 갔다. 공부만 했다. 그랬는데도 제1지망 고등학교의 합격 예상은 고작 30퍼센트 수준이어서 죽고 싶었다. 그래도 어떻게든 제3지망인 도립 고등학교에는 들어갔다.

에어컨을 과하게 튼 교실에서 열일곱 번째 여름을 낭비하는 게 너무 속상해서 미치는 줄 알았다. 그래서 결심했다. 올여름은 작년에 못 논 것까지 되찾을 만큼 즐겨야지.

7월 말까지였던 수영부 동아리 활동을 마치면 바로 해안가 할머니 집에 가기로 계획했다. 엄마는 8월이 되자마자 아빠가 혼자 발령받아서 일하는 교토에 갔다. 엄마는 자꾸만 같이 가자고 했다. 분지 특유의 끈적끈적 달라붙는 것 같은 축축한 교토의 더위도 나는 좋아한다. 아빠랑 만나고 싶기도 했다. 하지만 아빠가 있는 교토 시내에는 바다가 없다. 엄마와 반쯤 싸워가며 올해는 무슨 일이 있어도 할머니 집에 가겠다고 고집을 부려 엄마의 요구를 거절했다.

이 특급열차는 할머니가 사는 동네로 달려간다. 앞으로 5분 후면 도착할 것이다. 증오스러운 그것들, 내 몸을 미끈미끈 어루만져 통증을 주는 그것들(해파리)이 나오기 전에 나는 이러다 죽겠다 싶을 만큼 바다에서 수영할 거다. 그게 내 여름의 결의다.

"마코토!"

개찰구로 가자 내 이름을 크게 부르며 손을 흔드는 할머니가 보였다.

2년 만에 만난 할머니는 2년 전에 만났을 때와 별로 달라진 게 없어 보였다. 천 한 장을 반으로 접어 옆구리를 꿰매고 팔과 머리가 나오는 부분만 구멍을 뚫은 것 같은 감색 원피스를 입고, 새하얀 머리카락을 작게 틀어 올렸다. 팔과 다리가 놀랍도록 가늘다. 할머니는 우리 엄마의 엄마인데 체구는 전혀 닮지 않았다. 엄마는 나이를 먹을수록 체중도 불어나서 연중 다이어트를 한다고 시끄러운데 체중이 줄어들 낌새가 전혀 없다. 그래도 주변을 신경 쓰지 않고 나를 발견하자마자 크게 소리치는 점, 웃을 때 눈이 사라지는 점을 보면 역시 모녀구나 싶다.

"세상에, 또 이렇게 컸네."

할머니가 팔을 뻗어서 내 머리를 쓰다듬으려 했다. 그러나 키가 작은 할머니의 팔은 내 머리에 닿지 않는다. 나는 할머니가 머리를 쓰다듬어주길 바랐기 때문에 살짝 무릎을 굽혔다. 잘 부탁드립니다, 같은 말을 할머니에게 하고 싶었지만 쑥스러워서 아무 말 없이 엄마가 가져가라고 한 선물 봉투를 할머니에게 불쑥 내밀었다.

"자동차, 저쪽에 댔어."

할머니가 노인답지 않은 속도로 나보다 앞서 걸었다. 역구내를 나오자 벌써 햇볕이 자근자근 내 팔을 태워서 그것만으로도 기뻤다. 할머니는 야자나무를 심은 로터리를 빙그르르 돌아 역 바로 옆 주차장으로 나를 데려갔다.

차로 가득 찬 주차장에 할머니의 까만 경차가 보였다. 할머니가 지금도 운전한다는 것에 놀랐고 여전히 이 차를 타는 것에도 놀랐다. 할머니가 문을 열어줬고 나는 조수석에 탔다. 직사광선에 달아오른 새까만 시트에 닿자 허벅지가 뜨거웠다. 등에 메고 있던 가방을 무릎 위에 얹었더니 내게는 공간이 좀 좁았다. 할머니는 내가 어렸을 때 그랬던 것처럼 까맣고 커다란 선글라스를 끼고, 능숙하게 핸들을 돌려 주차장 밖으로 차를 몰았다.

할머니 집은 역에서 산 쪽으로 조금 올라간 곳에 있는데, 집으로 바로 가지 않고 나를 위한 서비스인지 해안도로를 달렸다. 엄청난 속도로. 그렇다, 할머니는 운전이 거칠다. 나는 다급하게 안전띠를 맸다. 창문을 활짝 열자 바다 냄새가 차를 채웠다. 나는 그 냄새를 폐 한가득 들이마셨다. 해변에는 파라솔이 발 들일 틈 없이 빽빽했지만, 나는 저기에서는 헤엄치지 않으니까 괜찮다. 파도가 밀려오는 소리. 아아, 빨리, 온몸을 바다에 담그고 싶어진다.

"할머니, 바다예요! 바다!"

사실은 열차에서도 하고 싶었던 말을 옆에 앉은 할머니에게 했다.

"할머니도 알아."

할머니가 무정하게 대답했다.

할머니는 2년 전과 그다지 달라지지 않았지만, 할머

니의 집은 중학생 시절에 왔을 때와 비교하면 역시 조금 낡은 것 같다. 오래된 목조 2층집. 집 옆에는 지붕에 거의 닿을 듯이 과하게 잘 자란 선인장. 넓은 마당과 그 끄트머리의 좁은 텃밭. 거기에 토마토나 오이 따위가 주렁주렁 달렸다. 마당 구석에 보이는 형광 노랑의 둥근 것은 아마도 내가 아빠와 가지고 놀던 원반이 아닐까. 할머니 집은 마당도 집 내부도 조금 너저분하다. 정리를 못하는 점도 엄마와 닮았다.

미닫이 형식인 현관문을 지나 안으로 들어가자 쌀쌀하고 어두웠다. 태양 빛의 잔상이 눈앞에서 하얗게 춤췄다. 할머니는 쉬지도 않고 부엌에 서서 가스레인지를 켰다.

"점심은 소면 괜찮지?"

그러면서 식기장 위에 놓인 오동나무 상자를 발돋움해 꺼내려고 해서 내가 도왔다.

"아이고, 고마워라."

할머니는 오동나무 상자에서 소면 다발을 한 손으로 잡을 수 있을 만큼 잡아 소면을 묶은 종이테이프를 빠르게 벗기고, 물이 보글보글 끓는 냄비에 후루룩 던져 넣었다.

"할아버지한테 인사할게요."

할머니 집에 도착하면 제일 먼저 불단에 선물을 올리고 합장하라고 엄마가 몇 번이나 지겹도록 잔소리했다. 아까 할머니에게 건넨 종이봉투에서 카스텔라를 꺼내 불단 앞에 놓고, 초에 불을 붙여서 향을 드리웠다. 어어, 그리고 종을 쳐야지. 몇 번 쳐야 하는지 몰라서 대충 세 번 울리고 합장했다. 앞에 놓인 액자 속의 할아버지는 내가 초등학교에 입학한 해에 암으로 돌아가셨다. 엄마가 시켜서 할아버지 손을 살짝 쓰다듬었을 때의 그 차가운 촉감을 여전히 기억한다. 수많은 꽃에 둘러싸인 채 관에 누운 할아버지는 "아이고, 푹 잤네"라고 말하며 일어날 것처럼 보였다. 관 뚜껑을 못으로 고정해야 한다고 주변 어른들이 망치로 두드리라고 시켰을 때, 어렸던 나는 장례식은 너무 잔인한 것이라고 생각했다.

엄마는 도쿄에서 같이 살자고 몇 번이나 할머니한테 말했다고 하는데, 그때마다 할머니가 죽을 때까지 여기에 있겠다며 고개를 끄덕이지 않았다고 한다. 나도 할머니와 같이 사는 것에는 불만이 없지만, 할머니의 이 집이 사라진다고 생각하면 우울해진다.

뒤를 돌아보자 할머니가 긴 젓가락을 손에 들고 서 있었다.

할머니는 내 얼굴을 보고 생긋 웃었다.

"마코토가 와서 할아버지도 기쁘겠어."

그러고는 다시 부엌으로 사라졌다.

삶은 소면만으로는 내 공복을 해결하기 역부족이어서 할머니가 주먹밥을 만들어줬다. 염장 다시마와 우메보시를 넣고 김을 두르지 않은 주먹밥. 대박 맛있다.

"마코토, 2층 방을 쓰렴. 아사히는 언제 온다니?"

나는 입에 넣은 밥알을 허둥지둥 씹어 삼키고 대답했다.

"문자 메시지 왔어요. 나중에 확인할게요."

라인이라고 말해도 할머니는 모를 테니까 문자라고 말했다. 할머니도 문자라면 아니까. 그나저나 아사히는 무슨 이유인지 모르겠는데 내가 할머니 집에 머무는 동안 여기 오고 싶다고 갑자기 메시지를 보냈다. 아사히는 같은 아파트에 사는 소꿉친구로, 걔네 집과 우리 집은 유치원 시절부터 사이가 좋아서 초등학교 때까지는 주말에 자주 어울려 놀았다. 할머니 집에도 가족끼리 몇 번 온 적 있다.

구립 중학교까지는 같이 다녔지만, 아사히는 나와 다르게 머리가 좋아서 대학 부속인 사립 고등학교에 진학했다. 각자 다른 고등학교에 다니기 시작하자 얼굴을 볼 일도 거의 없었다. 그런데도 아사히는 자기 어머니를 통해 우리 엄마에게 연락해 할머니 집에 오는 계획을 차곡차곡 진행했다.

"아사히는 할머니 방에서 같이 자면 되니까. 새 이부자리도 꺼내뒀어."

할머니가 말하며 소면 국물을 꿀꺽 마셨다.

거의 만나지 않아도 아사히는 종종 라인 메시지를 보냈는데, 나는 스마트폰을 별로 쓰지 않아서 답은 거의 보내지 않았다. 메시지를 확인하지 않으면 화가 잔뜩 난 표정의 일러스트 이모티콘을 보내곤 한다. 아까도 열차에서 스마트폰이 울렸는데 아마도 아사히일 것이다. 갑자기 할머니 집에 오고 싶다니 그 녀석도 바다를 그렇게 좋아했었나, 멍하니 생각하며 나는 세 개째인 주먹밥을 먹었다.

다 먹은 식기를 정리하고 싱크대에 넣은 후 할머니에게 외쳤다.

"다녀올게요!"

"그렇게 서두르지 않아도 바다는 도망 안 간다."

할머니가 어이없다는 듯이 말했다.

할머니 집에서 바다까지는 구불구불 완만한 언덕길이다.

길가에 나란히 선 집 중에는 현관 앞에 어린이용 비닐 풀장이 놓인 지극히 평범한 민가도 있지만, 별장으로 쓰는지 베란다가 이상하게 넓거나 전면 유리여서 거실이 훤히 보이는 조금 독특한 집도 있다. 2년 전과 풍경이 그다지 달라지지 않았는데, 판매 중이라는 새빨갛고 큰 글씨가 적힌 포스터가 붙은 집도 군데군데 섞여 있었다. 거기에서 조금 더 걸어가 드넓은 밭 한가운데 세워진 철탑 근처까지 가면, 그 너머에 반짝이는 바다가 보인다.

수영 바지와 티셔츠만 입은 나는 벌써 땀을 삘삘 흘렸다. 할머니가 열사병을 조심해야 한다면서 오래된 빨간 깅엄체크 물병(할머니는 그걸 마호병이라고 불렀다. 아마 할아버지가 쓰던 거겠지)에 보리차를 담아 줬고, 챙이 넓은 밀짚모자를 억지로 씌웠다. 바다가 보이자 더는 참을 수 없어져서 나는 언덕을 뛰어갔다.

어깨에 멘 마호병의 보리차가 찰랑찰랑 소리를 냈

다. 차가 오지 않는 타이밍을 노려 해안가 국도를 건너서 방풍림을 달렸다. 하얀 해변과 파도 소리. 나는 벗은 티셔츠와 밀짚모자가 바람에 날아가지 않게 마호병으로 꾹 누르고, 그 옆에 비치 샌들을 벗어놓고 바다로 뛰어들었다. 미지근한 목욕물 같은 온도의 바닷물이 내 몸을 감쌌다. 물안경을 쓰고 헤엄칠 수 있는 만큼 자유영으로 헤엄쳐서 나아갔다. 바다가 깊어지면 파란색이 더욱 짙어진다. 아래를 보니 이름 모를 자잘한 물고기 무리, 흔들리는 해초도 보였다. 그 지점에서 하늘을 보고 누워 둥둥 수면 위에 떴다. 자유롭다아아! 이렇게 외치고 싶은 기분이었다. 나는 혼자 헤엄치면서 한여름 햇빛을 받으며 바닷속에 있다. 이 바다는 지구상의 모든 바다와 연결되어 있다. 즉, 육지에서 멀리 떨어진 나는 어딘가에서 싹둑 잘려 나온 것처럼 자유롭다.

선 채로 첨벙거리며 해변을 봤다. 역시 여기가 최고다. 역 근처 바다는 너무 혼잡하다. 여기도 파라솔이 몇 개쯤 있지만 사람이 아주 많지는 않다. 해변 오른편의 모래 스키장에서 애들이 뭐라고 외치는 소리가 들리는데, 왜 이렇게 멋진 바다에 와서 헤엄치지 않는 건지 괜히 심통이 났다.

나는 평영으로 느긋하게 해변까지 돌아갔다가 다시 자유영으로 갈 수 있는 곳까지 앞바다로 헤엄치기를 반복했다. 몇 번인지 세지 못할 정도로. 도중에 너무 오래 헤엄쳤는지 다리에 쥐가 날 것 같아서 해변으로 돌아가 할머니가 가져가라고 한 마호병의 보리차를 마셨다. 할머니가 끓인 보리차는 설탕이 들어가서 달콤하다. 신기하게 그게 맛있었다. 나는 뜨끈뜨끈 달궈진 모래 사장에 큰대자로 누웠다. 선크림 같은 건 바르지 않았다. 수영부 활동을 하면서 어느 정도 피부가 탔는데 수영장과 해변의 햇빛은 전혀 다르다. 아마 내일이면 온몸이 시뻘겋게 부풀겠지만 이틀쯤 지나면 익숙해진다. 너무 눈이 부셔서 모래가 덕지덕지 묻은 팔을 들어 햇빛을 차단했다. 새하얀 태양. 이렇게 뭐든지 뜨겁게 달구는 태양은 역시 대단하다고 생각하며, 나는 또 바다로 달려갔다.

할머니가 6시까지는 돌아오라고 했지만 나는 시계가 없다. 이미 가족 단위로 놀러 온 사람들은 대부분 떠나서 해변에는 셀 수 있을 정도로만 사람들이 있었다. 밤이 가까워지면 커플이 많아진다. 이 해변 근처에 있는 바다로 이어지는 커다란 구멍, 용궁굴에서 시시덕

거리러 오는 놈들도 있다. 그런 놈들을 보는 것도 열받는다.

혜엄치지 못하면 내 하루는 끝이다. 동요〈저녁노을 희미해져〉의 멜로디가 어디선가 들려와서 어쩌면 저게 6시를 알리는 신호일지도 모르겠다고 생각했다. 그래도 바다를 떠나기 싫어서 나는 모래사장에 앉아 해가 지는 바다를 멍하니 감상했다.

티셔츠를 입었다. 모래를 잘 털었는데도 물기 마른 얼굴 위로 까끌까끌한 모래가 떨어졌다. 비치 샌들도 모래 범벅이어서 발만 한 번 더 바닷물에 담그려고 다시 물가로 갔다. 간조여서 파도가 앞바다까지 멀리 빠졌다. 거품이 인 파도에 발만 담그고, 지금 막 수평선 너머로 가라앉으려는 태양을 바라봤다.

문득 무슨 소리가 들렸는데 자장가 같았다. 목소리 톤도 그렇고 멜로디도 들어본 적 있었다. 오른쪽을 보자, 아주 작은 아기를 안은 여자가 아기를 이리저리 흔들며 나처럼 샌들 신은 발만 파도에 담그고 있었다. 소매 없는 하늘색 셔츠와 긴 회색 치마를 입고, 어깨까지 오는 머리를 오른쪽으로 땋았다. 왼쪽 귓불에 달린 작은 금색 귀고리가 보였다. 목소리 톤이 너무 서글퍼서 혹시 우는 건가 싶었다. 여자가 내 쪽을 보고 입술 끝을 살짝 올려 웃었다. 그 희미한 웃음도 왠지 우는 것 같았다.

"몇 살이에요?"

내 입에서 나온 말에 제일 놀란 건 나였다. 이래서야 헌팅이잖아. 그것도 애가 있는 사람에게. 모래 묻은 티셔츠를 입고 콧잔등은 시뻘게진 주제에 무슨 말을 하는 거야. 그러나 여자는 놀라지도 않고 대답했다. 그런 질문을 받는 데 익숙한 것처럼.

"곧 한 살이에요."

내가 물어본 건 당신이 안고 있는 아기의 나이가 아닌데요.

다음 날, 라인 메시지가 오는 소리 때문에 나는 잠에서 깼다.

손을 뻗어 시간을 확인했다. 오전 7시를 지났다. 이번에도 아사히. 12일에 가고 싶은데. 하룻밤 자도 되니? 할머니한테 그날 가도 되는지 확인해줄래? '잘 부탁합니다'라는 글자가 적힌 이모티콘. 대체 왜 인제 와서 아사히가 이렇게까지 할머니 집에 오고 싶어 하는지 나는 도무지 모르겠지만, 바다에서 헤엄치고 싶다면야 그 마음을 이해한다. 이 근처 바다는 에노시마 쪽 바다와 달리 흙탕물 같지 않고 아주 투명하다. 아침을 먹으며 할머니에게 말하자고 생각한 후, 나는 스마트폰을 머리맡에 놓고 다시 자려고 했다. 머릿속에 어제 석양이 질 무렵 만났던 그 사람이 떠올랐다. 그 사람이 읊조리던 슬픈 자장가 멜로디. 애가 있으니까 나보다는 한참 연상이고 결혼도 한 어른이겠지. 다시 꾸벅꾸벅 졸며 나는 숨 막히는 여름 이불을 발밑으로 걷어차 큰대자로 누웠다. 콧노래 같은 그 멜로디. 외국 노래일까. 아니면 어린이 방송에 나오는 노래일까. 활짝 열린 창을 가리고 있던 커튼이 바람을 타고 이쪽으로 다가왔다가 다시 창 쪽으로 돌아갔다. 그 불규칙한 움직임을 바라보는데 석양을 받은 그 사람의 옆얼굴이 아른거렸다. 옆얼굴과 멜로디, 그걸 머릿속으로 반추하다가 나는 다시 잠에 빠졌다.

"할머니, 아사히가 내일모레 와도 되냐는데요."

계단을 내려가며 부엌에 있는 할머니에게 물었다.

"어머, 아사히라면 언제든 괜찮다. 네가 있는 동안 쭉 있어도 돼."

할머니가 오이인지 뭔지를 도마 위에서 리듬감 있게 썰며 대답했다. 그 말에 나는 '그건 좀 봐줘요' 하고 생각했다.

"밭에 가서 토마토 좀 따 올래?"

할머니가 몸을 싱크대 쪽으로 향한 채 말해서 나는 웅얼웅얼 알겠다고 대답했다. 잘 때 입은 티셔츠와 반바지 차림으로 바구니와 원예 가위를 들고 밖으로 나왔다. 아직 8시 전인데 벌써 햇볕이 쨍쨍하고 더워서 마당 흙이 하얗게 말랐다.

마당 구석, 현관으로 나오면 왼쪽에 할머니가 키우는 작은 텃밭이 있다. 오이, 가지, 토마토, 피망, 차조기, 바질. 할머니 혼자서는 다 못 먹을 양의 채소와 허브가 자랐다. 표면이 터질 것 같은 토마토를 하나 따서 바로 먹었다. 태양 같은, 여름 그 자체 같은 맛이 났다. 토마토를 우물거리며 세 개쯤 따서 바구니에 담았다. 바깥 수돗가의 수도꼭지를 틀어 긴 호스에서 쏟아지는 물로 세수하고 머리에서부터 쏴아아 물을 뿌렸다. 처음에는 물이 미지근했는데 시간이 지나자 차가운 물이 나왔다. 호스를 길게 늘여서 끝을 꽉 움켜쥐고 마당에 물을 뿌렸다. 건조한 지면에 동글동글 무늬가 생겼다. 빛이 알맞게 닿아 자그마한 무지개가 생겼다. 환영처럼 생겨난 일곱 가지 색이 예뻤다. 나는 강아지처럼 머리를 마구 털고 빨래 건조대에 걸린 바짝 마른 수건으로 머리카락의 물기를 닦았다.

말린 연어병치, 지금 막 따 온 토마토, 오이절임, 낫토, 구운 김, 미역 된장국. 역시 아침은 전통적인 게 좋다. 우리 엄마도 요리 실력은 좋은데, 아침에는 빵을 줘서 나는 좀 별로다. 엄마는 저혈압이라 아침부터 손이 많이 가는 요리를 하는 건 힘들다고 한다. 나도 아슬아슬한 시각까지 자니까 엄마한테 뭐라고 할 수는 없지만, 할머니 집에 머무는 동안 된장국쯤은 만들 수 있게 배워 가고 싶다. 아침부터 밥을 세 그릇이나 먹는 나를 할머니가 웃으며 바라보았다.

"기분 참 좋네."

할머니는 그렇게 말하며 차를 홀짝 마셨다.

"내가 만든 밥을 눈앞에서 이렇게 맛있게 먹어주니까 정말 기쁘구나."

우리 가족과 절대 같이 살지 않으려는 할머니지만, 내가 없는 동안에는 혼자 지낸다. 동네에 아는 사람은 있겠지만 할머니가 외로울지도 모르겠다고 나는 문득 생각했다. 이를테면 밤에 혼자 잘 때라든지. 그래도 할머니에게 외롭지 않으냐고 묻지는 않았다. 작년이었다면 나는 그런 말을 했을지도 모른다. 그래도 지금은 왠지 그런 걸 물어보면 할머니에게 실례일 것 같았다.

"잘 먹었습니다."

손을 모으며 말하자 할머니가 "아이고, 변변치 못했어요"라며 고개를 숙였다. 이렇게 행동하는 사람에게 외롭지 않은지를 묻는 건 역시 옳지 않다. 나는 내 것과 할머니 식기를 정리하며 생각했다.

오늘도 날이 좋았다. 해가 지기 전에 한 번 돌아오겠다고 약속한 후 나는 또 바다로 갔다.

"돌아오면서 수박 좀 사 와라. 네가 있으니까 통째로 하나."

할머니가 내 손에 천 엔 지폐를 쥐여주었다.

바다는 어제와 똑같이 나를 기다리고 있었고, 나는 어제와 똑같이 자유영으로 앞바다까지 가서 위를 보고 동동 뜬 채 한참 하늘을 구경했다. 귓가에 찰랑찰랑 물이 넘실거리는 소리가 들렸다. 나는 파도에 흔들리며 눈을 감고 한참이나 물에 떠 있었다. 바다에 있으면 왜 이렇게 안심이 되는지 모르겠다. 물안경을 이마로 올리고 눈을 감았다. 양수 속에 있는 태아도 이런 기분일까. 그런 생각을 하자 또 어제 만난 여자가 생각났다. 품에 안은 아기는 곧 한 살이 된다고 했다. 어제 그 사람이 끔찍하게 고생하며 아기를 낳았다는 게 나는 믿어지지 않았다.

나는 평영으로 느릿느릿 헤엄쳐서 해변으로 돌아와 잠시 모래사장에 큰대자로 누웠다가 또 앞바다까지 헤엄쳐 가 떠 있고, 다시 해변까지 평영으로 돌아오기를 반복했다.

시계가 없으니까 정확한 시간은 모르지만, 슬슬 배도 고프고 태양이 하늘 꼭대기에 걸렸다. 아마도 한낮이겠거니 싶어서 나는 벗어둔 티셔츠를 입고 비치 샌들을 신은 후, 수건을 목에 두르고 밀짚모자를 쓴 채 모래사장을 떠났다.

슈퍼마켓은 국도 변에 있다. 해변에서 걸으면 5분쯤 걸렸다. 도시의 화려한 대형 마트가 아니라 일용품과 농기구 따위도 파는 시골 슈퍼마켓이다. 입구 근처에 산처럼 쌓인 수박을 보고 고민했다. 나는 수박 한 통을 사본 적이 없다. 아마도 태어나서 처음일 것이다. 엄마가 사 오는 수박도 4분의 1로 잘린 것이다. 두드려서

소리를 들으면 되려나 생각하고 나는 손바닥으로 수박을 하나하나 두드리며 귀를 대 소리를 들었다. 둥둥이나 동동 같은 소리가 들리는데, 어떤 소리가 나야 좋은 수박인지 알 수 없다. 수박을 두드리며 한참 고민하는데, 곁에 선 하얀 앞치마를 두른 아줌마가 나를 보고 웃었다.

"아줌마가 골라줄까?"

"감사합니다."

그러자 아줌마도 역시 수박을 두드리기 시작했다. 어째서인지 내가 두드릴 때와 소리가 전혀 달랐다. 저렇게 세게 두드려도 되나 걱정스러웠다.

"바로 먹을 거면 이게 좋아. 잘 익었어."

그러면서 아줌마가 수박 한 통을 두 손으로 들어 내게 건네주었다. 무게가 팔뚝을 묵직하게 덮쳤다.

"수박에는 줄무늬가 이렇게 있지? 이게 뚜렷한 게 좋은 수박이야."

오오오, 내가 반응하자 아줌마는 이건 비밀이라며 장난스러운 표정으로 히죽 웃었다. 계산을 마치고, 하얀 비닐봉지에 수박을 담아 어깨에 걸친 채 할머니 집으로 돌아갔다. 언덕 경사가 심한 곳에서는 물놀이로 인한 피로와 수박의 무게로 보폭이 좁아졌다. 비치 샌들도 벗겨질 것 같았다. 나는 수박이 절대 깨지지 않게 앞으로 안았다가 왼쪽 어깨에 걸쳤다가 했다. 어떻게 들어도 무거워서 마지막에는 어깨에 짊어졌다. 허리에 전해지는 무게가 버거웠지만, 수박 무게로 가늘어진 비닐봉지 손잡이가 어깨를 파고드는 것보다는 낫다.

새빨개진 얼굴로 수박을 짊어지고 오는 나를 보며 할머니가 웃더니 기쁜 듯 말했다.

"얼굴은 이렇게 새빨개져서는 땀까지 뻘뻘 흘리고 보물단지처럼 들고 오네?"

수박을 운반해서 그런 건 아니지만 점심을 먹고 2층에 벌러덩 누웠다가 어느새 잠들었다. 퍼뜩 정신이 들어 눈을 뜨고 다다미 위의 디지털시계를 보자 오후 2시 50분이었다. 아아, 아직 헤엄칠 수 있다. 안심하고 다시 다다미에 벌러덩 몸을 던졌는데, 계단 아래에서 목소리가 들렸다.

할머니 목소리, 아마도 할머니와 비슷한 연배일 여자의 목소리, 그리고 때때로 젊은 여자의 목소리가 섞였다. 엿들을 생각은 없었는데, 할머니와 비슷한 연배인 여자의 목소리가 커서 대화의 단편이 귀에 흘러들어왔다.

바람이나 피우고. 이혼한다고 해도 재취직이. 어린이집에 보내는 것도 쉽지 않다잖아. 그런 목소리 사이사이에 희미하게 흐느끼는 소리 같은 게 섞여 들었다. 왠지 아래로 내려가지 않는 게 좋을 것 같은데 하필이면 배가 너무 고팠다. 몰래 내려가서 부엌에서 남은 음식을 좀 먹어야겠다. 할머니 집 계단은 낡아서 아무리 조심조심 발을 내려놓아도 소리가 난다. 나는 계단 한 단 한 단을 발끝으로 천천히 내려갔다. 할머니와 손님들은 현관 옆, 커다란 좌식 테이블을 놓은 다다미방에 있는 것 같았다.

부엌 테이블 위에 남은 밥으로 만든 주먹밥이 접시에 담긴 채 랩에 싸여 있었다. 랩을 벗겨서 부엌 바닥에 앉아 주먹밥을 우물거리고, 보리차를 마시려고 냉장고를 열었다. 다다미방에서 발소리가 들렸다. 할머니 발소리는 아닌 것 같았다. 작은 발소리. 차박차박, 축축한 발바닥이 복도를 걸어오는 소리가 들렸다. 부엌 유리문에 작은 손바닥 그림자가 비쳤다. 아우, 라고 하며 문 옆으로 고개를 내민 것은 아기였다. 아우, 아우, 라고 말하며 아기가 나를 가리켰다. 내가 들고 있는 주먹밥이 궁금한 건지, 손가락을 입에 넣고 입가에서 침을 흘리며 내게 다가왔다. 내가 주먹밥 부스러기를 내밀자, 짤막한 손가락으로 그걸 집어 입에 넣고 웃었다. 아우, 하고 손을 내미는 건 더 달라는 의미일까. 나는 또 주먹밥을 잘게 뜯어 아기에게 건넸다. 아기는 뺨에 쌀알을 붙이고 입을 오물거렸다.

"아이참, 아유무. 이러면 안 되지."

복도 쪽에서 말이 들리고 발소리가 났다. 아기가 타박타박 소리가 나는 쪽으로 걸어갔다. 소매 없는 브이넥, 찰랑찰랑한 재질의 긴 원피스를 입은 여자가 조금 전 아기와 똑같이 고개를 내밀었다.

"어머, 정말 미안해요. 얘가 멋대로."

아기를 안고 사과한 여자가 그제야 내 얼굴을 보고 놀란 표정을 지었다.

"아."

내 쪽이 조금 더 빨리 반응했을 거다. 어제 해변에서 봤던 그 사람이었다.

이어서 할머니가 분주하게 부엌으로 와 아기를 보고 웃었다.

"마코토, 주먹밥은 괜찮은데, 아기에게는 아무거나

주면 안 돼. 알레르기가 있을지도 모르니까."

"정말 죄송합니다. 애가 워낙 낯가림이 없어서요."

여자가 고개를 숙였다.

"간식으로 카스텔라라도 먹을까? 아유무는 카스텔라 먹어도 되니? 달걀 알레르기 없어?"

할머니가 여자에게 묻자, 여자가 "네, 괜찮아요. 정말 죄송합니다" 하고 울먹이는 목소리로 대답했다. 딱히 우는 것 같지 않은데 이 사람은 평소에 말할 때도 울먹이는 목소리인가 보다.

"아이카와 씨가 왔으니까 마코토도 인사하렴."

할머니가 나에게 다다미방으로 가라고 했다.

"어머나, 마코토니? 한동안 안 본 사이에 또 몰라보게 컸네."

내가 인사하자 아이카와 할머니가 큰 소리로 반응했다. 아이카와 할머니는 할머니 집 근처에 사는 이웃으로 나도 몇 번인가 만난 적 있다.

할머니가 카스텔라와 커피 잔을 쟁반에 담아 다다미방으로 가지고 왔다. 여자에게 안긴 아유무는 이제 카스텔라에 푹 빠졌다.

"우리 아유무도 이렇게 금방 무럭무럭 자라려나."

좌식 테이블 옆에 앉은 아이카와 할머니는 할머니가 내준 커피를 마시며 툇마루의 등나무 의자에 앉은 나를 돌아보고 말했다. 그렇다면 저 아기는 아이카와 할머니의 손주고 저 여자는 아이카와 할머니의 딸인 건가, 나는 카스텔라를 손으로 뜯으며 생각했다.

"마코토는 아주 효자네. 아유무도 나중에 커서 혼자서도 할머니 집에 와주면 좋겠어."

나는 뭐라고 반응하면 좋을지 몰라서 그냥 웃기만 했다. 카스텔라를 다 먹은 아유무는 이번에는 졸린지, 여자의 품 안에서 몸을 젖히며 울어댔다.

"이제 잠이 오나 봐요. 낮잠 시간이라."

여자는 아이카와 할머니에게 말하고, 아기를 안고 일어나 다다미방 구석에서 아기를 이리저리 흔들었다. 할머니와 아이카와 할머니는 반상회니 조합비니 나는 잘 모르는 이야기를 시작했다.

"할머니, 나 수영하고 올게요."

나는 아이카와 할머니와 여자에게 인사하고 방에서 나왔다.

2층 방에서 수영할 준비를 하고 현관을 나서자, 마당의 커다란 조롱나무 응달에 아유무를 안은 여자가

서 있었다. 아유무는 벌써 깊이 잠들었다. 응달이라도 덥지 않나 싶었지만, 왠지 여자가 혼자 있고 싶어 하는 것 같았다. 여자는 나를 보자 살포시 웃으며 고개를 살짝 숙였다. 나도 고개를 숙이고 그 사람 앞을 지나갔다. 정말로 표정이 항상 우는 것 같은 사람이다.

그날, 나는 왠지 헤엄치고 싶지 않아서 멍하니 바다에 떠서 생각했다.

아까 2층에서 들었던 할머니와 아이카와 할머니의 대화를. 바람이니 이혼이니. 그건 그 여자 얘기였을까. 대화 사이사이로 희미하게 들린 흐느끼는 듯한 소리. 그건 아마도 그 여자의 목소리였겠지. 결혼이나 이혼 같은 거 나는 전혀 모르겠다. 나와는 아주 먼 이야기 같다. 우리 아빠와 엄마는 맨날 전화로 말다툼을 하지만 그래도 사이는 좋은 편이다. 사이가 나빴다면 혼자 지내는 아빠를 엄마가 찾아갈 리 없을 테니까. 교토로 출발하기 전, 엄마는 아빠에게 뭘 해서 먹일지 고민하며 부지런히 요리 레시피를 스마트폰으로 찍었다. 혼자 지내는 아빠가 교토에서 바람을 피운다거나, 그런 일이 내가 모르는 사이에 생길까. 머릿속이 빙글빙글 돌았다. 자꾸만 생각나는 건 그 여자의 울 것 같은 얼굴이다. 나는 숨을 참고 갈 수 있는 곳까지 잠수했고, 다시 떠올라 앞바다를 향해 자유영으로 미칠 듯이 헤엄쳤다.

할머니 집에 오고 사흘째, 매일 바다에 다니는 나는 매일매일 새까매져서 세면대 거울에 비친 내 얼굴을 볼 때마다 흠칫 놀라곤 했다.

아침을 먹는데, 테이블에 올려놓은 스마트폰이 울렸다. 식사 중이어서 화면만 보고 말았는데 아사히가 보낸 라인 메시지였다. 내일 역에 도착하는 시간이 적혀 있었다.

"할머니, 내일 아사히, 점심 전에 온대요."

"아, 그러니. 그럼 데리러 가야지. 유카타를 꺼내놨으니까 입어주면 좋겠네. 아사히도 많이 컸겠지?"

아사히가 가족과 함께 할머니 집에 온 것은 초등학교 고학년 때가 마지막이었다. 나는 고등학생이 된 아사히를 잘 모른다. 같은 중학교에서 같은 고등학교에 간 여자애들 중에는 갑자기 성숙해져서 눈에 띄게 꾸미기 시작한 애도 제법 있는데, 아사히가 그렇게 변했다면 좀 싫을 것 같다고 멋대로 생각했다. 중학생 때까지 아사히는 나뭇가지처럼 비쩍 마르고 정의감만 묘하게 투철한 여자애였다. 초등학교 수영 수업 때, 아사히를 나뭇가지라고 놀리는 남자애가 있었는데 아사히가 수영장 청소용 대걸레를 들고 쫓아가 물에 빠뜨린 적도 있다. 소꿉친구긴 해도 딱히 사이가 좋은 건 아니다. 그러나 학교에 있을 때, 늘 내 시선 구석에 아사히가 있었던 것 같다. 남매 같은 사이였다. 없으면 없는 대로, 기운이 없어 보이면 또 왠지 모르게 신경이 쓰였다. 그런 관계였다.

"응, 이게 뭐지."

식후 차를 준비하던 할머니가 부엌 바닥으로 몸을 숙였다. 할머니가 집어 든 것은 컬러풀한 펠트로 만든 작은 코끼리 장난감이었다.

"아유무 장난감이네……. 어제 다에가 깜박 두고 갔나 보구먼."

할머니는 코끼리 장난감을 식탁 옆에 두고 부엌으로 돌아갔다.

다에. 이름이 다에 씨구나. 다에 씨. 나는 할머니가 끓여준 차와 수박을 먹으며 머릿속으로 그 이름을 수없이 반복했다. 펠트 코끼리의 목에 달린 방울 비슷한 게 천장에 달린 조명 빛을 받아 희미하게 반짝였다. 어

째서인지 그 빛이 내 안의 가장 깊은 부분을 비춘 것
같았다.

"아사히! 세상에, 이렇게 예뻐졌네."

할머니가 개찰구에서 나온 아사히의 목에 손을 두르
더니 크게 외쳤다. 할머니와 아사히는 거의 비슷하게
키가 작았다. 아사히도 할머니 등에 팔을 둘렀다. 두
사람이 시끌벅적하게 포옹하자 개찰구에서 나온 사람
들이 힐끔힐끔 시선을 줬다. 나는 조금 부끄러웠다.

"할머니, 오랜만이에요. 뵙고 싶었어요."

할머니에게서 몸을 떼고 아사히가 말했다. 가로줄
무늬 셔츠와 긴 치마를 입고 하얀 샌들을 신은 아사히
는, 중학생 때는 허리까지 내려오던 긴 머리가 지금은
턱까지 오는 단발로 변했다. 회색 가방을 메고 까만 리
본이 달린 작은 밀짚모자를 쓴 아사히가 왠지 굉장히
어른스러워 보였다. 화장도 연하게 했겠지. 아사히는
내게는 눈길 한번 주지 않고 할머니와 팔짱을 낀 채 주
차장 쪽으로 걸어갔다. 아사히가 할머니 차의 조수석
에 탄 후로도 둘의 대화는 끊이지 않았다. 할머니는 운
전하며 아사히가 전에 왔을 때 얼마나 작았는지, 지금

은 얼마나 예뻐졌는지를 쉴 새 없이 말했다. 흥분했는지 자동차 속도가 굉장히 빨랐다. 아사히는 뒤를 돌아보지도 않았다. 일부러 저러는 거다. 이게 진짜.

아사히는 할머니 집에 도착하자, 자기 집에서 가져온 수많은 선물을 부엌 테이블에 펼쳐놓고 하나하나 할머니에게 설명하기 시작했다. 그걸 듣는 할머니의 목소리도 어딘지 기쁜 것 같다. 바다로만 쏘다니고 별다른 대화도 안 하는 손주와 있는 것보다 말 상대를 해주는 어린 여자애가 오는 게 더 기쁘겠지. 툇마루에서 두 사람의 들뜬 목소리를 들으며 나는 왠지 모르게 들끓는 질투심을 느꼈다.

점심은 아사히와 할머니가 같이 만들었다.

"밥 먹고 둘이서 바다에 다녀오렴. 마코토, 아사히를 잘 지켜봐야 한다. 무슨 일이 생길지 모르니까."

잘 지켜보라는 할머니의 당부를 듣자 갑자기 아사히와 바다에 가는 게 귀찮아졌다. 오늘은 내 마음대로 헤엄치지 못하겠네. 가족과 같이 왔던 초등학생 때, 아사히는 바다에서 헤엄치는 게 무섭다며 튜브를 썼다. 만약 지금도 그러면 어쩌지 싶어서, 귀찮게 애 보는 역할을 떠맡은 기분이었다.

아사히는 할머니가 준 마호병을 가방에 담고 "다녀 오겠습니다!"라고 할머니에게 큰 소리로 인사했다. 왔을 때와 달리 물방울무늬의 소매 없는 원피스를 입었다. 내가 할머니에게 다녀오겠다고 말하자, 할머니는 아까와 똑같은 말을 했다.

"아사히를 잘 지켜봐야 한다."

바다로 가는 언덕을 아사히와 나란히 걸었다. 할머니 집이 보이지 않는 지점에서 아사히는 뒤를 돌아보고 아무도 없는지 확인한 후 말했다.

"마코토. 라인이나 문자를 아무리 보내도 왜 답이 없어, 왜! 아무리 기다려도 읽지도 않고! 오늘 여기 와도 되는 건지 아닌지 출발 직전까지 몰랐잖아! 나도 사정이란 게 있거든?"

태양이 내리쬐는 새하얀 언덕을 걸으며 아사히가 내게 화를 냈다. 아까 할머니 앞에서 보여준 미소와는 너무 다르다고 생각하며 나는 아사히의 분노를 묵묵히 흘려들었다. 나의 그런 태도도 아사히의 분노에 더욱 기름을 부었나 보다. 보통 그런 말은 남친한테 하는 거 아닌가, 그렇게 생각하면서도 나는 말했다.

"스마트폰을 잘 안 보니까⋯⋯. 내가 잘못했어. 미

안, 미안."

"뭐야 그거? 미안하다고 전혀 생각 안 하지?"

갑자기 아사히가 내 팔을 때렸다.

"아파, 뭐 하는 거야."

말은 이렇게 했지만 사실은 전혀 아프지 않았다. 여자의 힘이라고 생각했다. 아사히는 뭔지 모를 소리를 하며 자꾸만 내 팔을 때렸다. 그때마다 나는 아파, 그만해, 같은 소리를 했지만, 아사히 옆을 걸으며 아사히보다 훨씬 커다래진 내 몸이 조금 무섭기도 했다. 유치원이나 초등학교 때는 드잡이하며 싸우기도 했다. 지금 내가 진짜로 싸움을 걸면 아사히는 틀림없이 지겠지. 그런 힘을 지닌 내가 두려워졌다.

"옷 갈아입고 올 테니까 기다려. 이거 불어줘."

아사히는 해변에 도착하자 그렇게 외치며 내게 접힌 튜브를 던지더니, 딱 한 채 있는 바다의 집ᶜ으로 걸어갔다. 어린애나 쓸 투명한 튜브에 야자나무와 수박, 폭죽 일러스트가 그려져 있었다. 어휴, 한숨을 한 번 쉬고, 나는 튜브를 불기 시작했다.

ᶜ 일본 해수욕장의 휴게 시설.

한참 그러고 있는데 누가 등을 두드렸다. 돌아보자 수영복을 입은 아사히가 서 있었다. 비키니까지는 아닌데 위아래가 나뉘어 배가 드러나 보이는 하얀 수영복이다. 제일 먼저 눈에 들어온 것은 아사히의 배꼽이었다. 그 작게 팬 구멍에 왠지 두근거렸다. 나는 다시 바다를 보며 아무렇지 않은 얼굴로 튜브를 불었다. 아사히는 바다로 다가가 천천히 발을 바닷물에 담갔다. 대단하네. 아사히의 수영복 차림을 보며 나는 생각했다. 솔직한 감상이었다. 내가 아사히는 이기지 못할 힘을 갖춘 것과 마찬가지로 아사히의 몸은 내가 지금껏 본 적 없는 곡선과 윤기를 갖췄다. 해변에 있는 누구보다도 피부가 하얬다. 젊은 남자는 물론이고 어린애가 있는 아버지까지도 수영복 입은 아사히를 힐끔힐끔 쳐다봤다.

"아직 멀었어?"

아사히가 돌아와 물었다. 나는 빵빵하게 부푼 튜브의 공기구멍을 막으며 말했다.

"아사히, 너 선크림 발라야 해. 그러다 죽는다."

앗, 깜박했다면서 아사히가 가방에 손을 넣어 뒤졌다. 아사히는 하얀 플라스틱 용기에 담긴 액체형 선크림을 팔과 다리에 치덕치덕 발랐다.

"등 부탁해."

아사히가 선크림을 내게 건네고 등을 돌렸다. 나는 순간 당황했으나 아무렇지 않다는 듯이 손바닥에 선크림을 짜 수영복 천이 없는 부분에 펴 발랐다. 손을 움직이는 방향으로 등의 솜털이 움직였다. 손바닥으로 직접 아사히의 피부를 만지고 있다. 그 사실이 무지막지하게 부끄러웠다. 나는 몸 일부의 미미한 변화를 들키지 않으려고, 가자고 크게 외치며 바다를 향해 뛰어갔다. 첨벙첨벙 바다로 들어가 평소처럼 자유영으로 앞바다까지 힘껏 헤엄쳤다. 돌아보자 아사히는 해변 바로 근처에서 튜브에 몸을 넣고 흔들흔들 파도를 타며 내쪽을 원망스러운 표정으로 보고 있었다. 쳇, 나는 자유영으로 아사히가 있는 곳까지 돌아갔다.

아사히의 튜브를 뒤에서 밀며 나는 물장구를 쳐 앞바다로 나아갔다. 내가 아까 헤엄쳐 간 곳보다 훨씬 더멀리. 이 근처에는 헤엄치는 사람도 없다. 아사히는 뒤를 돌아보며 그만 가자고 낮은 소리로 중얼거렸다. 갑자기 아사히에게 마구 심술을 부리고 싶어진 나는 아사히를 거기 남겨두고 혼자 앞바다로 나아갔다.

나와 아사히의 거리가 10미터쯤 벌어졌을까. 나는

물안경을 벗고 뒤를 돌아봤다. 아사히의 표정을 보고 깜짝 놀랐다. 이 해변에서 처음 만났을 때의 다에 씨와 비슷한 표정을 짓고 있어서.

아사히가 저런 표정을 짓는 건 나 때문이다. 할머니 집에 오고 싶다고 몇 번이나 라인과 문자 메시지를 보냈을 때부터 대충 감지하고 있었다. 전혀 깨닫지 못한 척하며 심술을 부렸으니까 아사히가 저런 표정을 짓는 것이다. 갑자기 바닷물 온도가 낮아진 것 같았다. 올려다보자 아까는 그렇게 밝았던 하늘도 낌새가 영 수상하다. 파도도 조금 거칠어진 느낌이었다.

나는 자유영으로 아사히 곁에 돌아가 이쪽을 보는 아사히의 튜브 방향을 바꾸고 밀면서 해안까지 헤엄쳤다. 그러는 동안 아사히의 목에 도드라진 등뼈를 빤히 바라보았다.

"비가 올 것 같아서."

아사히에게 말을 걸자, 아사히는 앞을 본 채 어린애처럼 고개를 끄덕였다.

"날이 좋았으면 용궁굴에 다녀와도 됐을 텐데."

비에 흠뻑 젖어 집으로 돌아온 나와 아사히에게 수건을 주며 할머니가 말했다.

"그래도 마당에서 이 정도는 할 수 있단다."

할머니가 현관 신발장에 놓아둔 불꽃놀이 폭죽 봉지를 나와 아사히에게 보여주었다.

"아까 아이카와 씨네 다에가 이걸 잔뜩 사 왔어. 아유무의 코끼리 장난감을 가지러 오는 길에 해변에서 아사히랑 마코토를 봤다면서, 걔도 참 이렇게 신경 쓰다니……."

다에 씨. 다에 씨는 아사히를 내 여자 친구라고 생각했을까. 할머니의 말을 듣고 먼저 생각한 것은 그거였다. 만약 다에 씨가 그렇게 생각했다면. 내 머리가 빙글빙글 돌기 시작했다. 다에 씨가 그렇게 생각하는 건 자연스럽다. 그런 생각에 빠진 채, 나는 아까 바다에 있을 때와는 톤이 전혀 다른 아사히의 목소리를 들었다.

저녁을 먹은 뒤, 아사히는 할머니가 입혀준 나팔꽃 무늬 유카타를 입고 기뻐했다. 수영복도 유카타도 아사히에게 정말 잘 어울렸다. 남자 열 명이 있으면 열 명다 귀엽다고 흥분할 정도로 귀엽다. 그렇지만.

할머니에게도 같이 하자고 졸랐지만, 할머니는 더위를 먹어서 몸이 무겁다며 일찌감치 현관 옆 다다미방에 들어가 누웠다. 할머니의 그런 배려도 나를 조금 속 타게 했다. 할머니가 잘못한 건 아무것도 없지만.

비가 막 그친 뒤의 마당은 풀에서 풍기는 훗훗한 열기로 충만했다. 밤바람이 실어 온 바다 냄새가 희미하게 섞였다. 고개를 들자, 회색빛 농염이 섞인 구름이 빠르게 흘러갔다. 벌레 소리도 들렸는데, 그 소리를 듣자 벌써 가을이 온 것 같아서 나는 까닭 없이 적적해졌다. 아사히는 무표정한 채로 불꽃놀이 폭죽이 담긴 비닐봉지를 풀었다. 나는 할아버지의 불단에서 가져온 초를 납작한 돌 위에 세우고 라이터로 불을 붙였다.

불꽃놀이, 마지막으로 한 게 언제더라. 지난번에 할머니 집에 왔을 때는 안 했던 것 같다. 아사히는 끝에 종이가 하늘하늘 달린 폭죽을 들어 촛불에 댔다. 화약 냄새가 났다. 내가 좋아하는 여름 냄새인데 무표정을 넘어 부루퉁한 아사히가 바로 코앞에 있어서 마음이 들뜨지 않았다. 아사히는 불꽃놀이를 즐기는 게 아니라 최대한 빨리 끝내고 싶은 것처럼 자꾸자꾸 폭죽에 불을 붙였다. 나는 불꽃놀이가 다 끝나는 게 무서워서 하릴없이 폭죽을 빙글빙글 돌렸다.

"있잖아……."

나도 아사히도 폭죽을 손에 들지 않았을 때, 아사히

가 입을 열었다. 내 몸이 바짝 긴장하는 것이 느껴졌다. 어둠 속에 불꽃놀이가 끝난 뒤의 하얀 연기만 피어올랐다. 잔향 같은 벌레 소리가 들렸다.

"나."

아사히가 나를 봤다.

"나 너를 좋아해. 중학생 때부터 계속."

목소리가 조금 떨리는 것 같았다.

나는 말없이 고개를 끄덕였다.

"너는……."

아사히가 침을 삼키는 소리가 들렸다.

"너는 나를……."

"미안……."

"좋아하는 사람 있어? 사귀는 사람이나."

"……사귀는 사람은 없어. 하지만……."

머릿속에 떠오른 건 그 사람의 얼굴이었다. 아유무를 안고 울 것 같은 표정을 짓던 그 사람. 다에 씨.

"좋아하는…… 마음이 가는 사람이 있구나?"

그렇게 말하며 아사히가 쪼그려 앉아서 쓰러지는 줄 알았다.

"수영복을 입은 나, 귀여웠어?"

아사히가 고개를 들고 물었다. 나는 그렇다는 의미로 고개를 끄덕였다.

"유카타를 입은 나도 귀엽지?"

또 한 번 나는 고개를 끄덕였다.

"그래도 안 돼?"

"아사히, 너는 내 소중한 소꿉친구야."

내 입에서 나오는 말이 너무도 잔인했다. 그래도 거짓말은 아니다.

아사히는 막대 폭죽 다발을 쥐고, 그대로 촛불에 댔다. 하나만 하면 작은 불똥인 그것이 한 다발이 되자 그만큼 커다래졌다. 타닥타닥 소리를 내며 나뭇가지 같은 빛을 사방에 뿌리더니 순식간에 후드득 지면에 떨어졌다.

아사히는 손바닥에 얼굴을 묻었다. 우는 것처럼 머리가 움직였지만, 우는 소리는 들리지 않았다. 자는 할머니를 배려한 건지도 모른다.

"미안해……."

그렇게 말하며, 나도 아사히와 똑같은 일을 겪게 될 거라고 확신했다. 언젠가, 그리 머지않은 미래에.

"언제든 또 놀러 오렴."

왔을 때와 마찬가지로 아사히와 할머니는 개찰구 앞에서 열렬히 포옹을 나누었다. 개찰구로 들어간 아사히는 한 손을 들고 고개를 숙인 뒤 인파가 북적이는 플랫폼으로 사라졌다. 아사히의 얼굴은 조금 부었지만, 딱히 눈이 새빨갛거나 심각할 정도로 퉁퉁 붓지는 않았다. 아침을 먹을 때도 밝은 목소리로 할머니와 대화를 나누며 바지런히 움직였다. 그러나 어제 불꽃놀이 이후로 아사히는 단 한 번도 내 얼굴을 보지 않았다. 아침을 먹을 때도 또 지금도. 나는 아사히의 열차 자리에서 이왕이면 바다가 보이면 좋겠다고, 오로지 그 생각만 했다.

할머니 차를 타고 집에 돌아왔다. 현관 앞 조롱나무 응달에 누가 서 있었다. 차가 접근하자 얼굴이 보였다. 다에 씨였다. 내 심장이 쿵쿵 뛰었다.

"엄마가 정어리를 많이 받았다고 하셔서요."

다에 씨가 하얗고 묵직해 보이는 비닐봉지를 할머니에게 건네려 했다.

"아이고, 이렇게 좋은 걸 다……"라고 말하던 그 순간, 할머니의 몸이 휘청했다. 그대로 쓰러질 뻔한 할머니를 내가 붙잡아서 다행히 지면에 머리를 부딪히지는 않았지만, 내 품으로 쓰러진 할머니의 몸은 힘이 쭉 빠져 흐느적거렸다.

"할머니! 할머니!"

나는 목이 터지도록 외쳤다.

"머리를 움직이면 안 돼. 여기 눕혀드려."

늘 울 것 같은 얼굴인 다에 씨가 또렷하게 말해서 나는 그저 고개를 끄덕일 뿐이었다. 다에 씨가 구급차를 불러줬다. 나는 구급차가 올 때까지 할머니 얼굴 근처에 손바닥으로 그늘을 만들고 있었을 뿐이다.

"가벼운 열사병일 거래. 금방 회복하실 거야. 뇌에는 아무 문제도 없대."

다에 씨가 병원 복도에 우두커니 서서 할머니의 검사가 끝나기를 기다리는 내게 말했다. 그 말을 들은 순간, 예상치 못하게 내 눈에 눈물이 고였다. 할머니가 이대로 돌아가실지도 모른다고 생각했기 때문이다. 부끄러워서 티셔츠 소매로 쓱쓱 눈물을 닦았다.

"많이 놀랐지……. 그래도 괜찮으실 거야."

다에 씨가 내 팔을 잡고 말했다. 어린애를 달래는 것처럼. 다에 씨의 목소리는 다정했다. 가능하면 이대로 다에 씨를 끌어안고 목놓아 울고 싶었다. 어린애처럼. 아무것도 모르는 척.

"······여러모로 죄송합니다······."

가까스로 말하자, 다에 씨가 내 팔을 쓸어주었다.

"2, 3일쯤 입원하시면 회복하실 거야. 괜찮아."

그러면서 다에 씨가 웃었다. 그 미소가 내 마음에 뚜렷하게 새겨졌다. 언제나 울 것 같은 표정을 짓던 다에 씨와 전혀 다른, 강하고 다정한 여자의 미소였다.

다에 씨는 그대로 돌아갔다.

병실로 들어가자 할머니가 나를 보고 한 손을 들었다. 반대쪽 손에는 링거 바늘이 꽂혀 있었다. 가까이에서 보니 잔주름이 진 팔이나 손이 역시 노인의 몸이어서 평소 과할 정도로 활기찬 할머니가 생각보다 나이가 많다는 것을 나는 새삼 깨달았다.

"교토 집에는 전화하지 마라. 네 엄마. 걱정해서 날아올 테니까."

알았다고 대답하며 나는 할머니 침대 옆의 둥그런 의자에 앉았다.

"다에가 구급차를 불러줬다지? 마코토, 놀라게 해서 미안하다."

나는 아니라는 대답 없이 고개만 저었다.

이어서 할머니가 냉장고에 뭐가 들었는지 하나하나 알려주고 어떻게 먹으면 되는지 설명하려고 했는데, 나는 괜찮다고, 혼자서도 얼마든지 할 수 있다고 할머니의 말을 막았다.

"네 할아버지를 보러 가는 줄 알았지 뭐니."

그런 소리 하지 말라고 말하고 싶었지만, 나는 묵묵히 할머니가 덮은 이불을 정리했다. 그러면서 나는 언젠가는 할머니에게 물어보고 싶었던 것을 물었다.

"할머니랑 할아버지, 연애결혼이었어요?"

"……아니. 친척이 가지고 온 맞선 사진을 보고 딱 한 번 만난 후 결혼해서 애를 낳았지."

할머니는 링거 바늘이 꽂히지 않은 손으로 이마에 내려온 머리카락을 머리 위로 쓸어 넘겼다.

"어떤 사람인지 전혀 모르고 결혼했지만 네 할아버지는 나쁜 사람도 아니었고 허수아비 같은 사람도 아니었어."

그러면서 할머니가 후후 웃었다.

"갑자기 그런 걸 왜 물어. 벌써 그런 게 궁금할 나이가 됐니?"

그러면서 또 웃었다.

할머니가 입원해 있는 동안, 바다에 가고 싶지도 않고 혼자 있는 것도 괜히 불안해서 나는 할머니 집을 대청소했다. 바닥에 아무렇게나 놓인 신문지를 모아 끈으로 묶고, 산처럼 쌓인 마른 수건과 옷을 개켰다. 부엌 바닥과 복도와 툇마루를 걸레로 훔치고 창문을 닦고 욕실 곰팡이를 제거하고, 불이 들어오지 않는 복도 전구를 갈았다. 빨래를 널고 직접 차린 간단한 점심을 먹고 병원에 갔다. 할머니 안색은 많이 좋아졌다.

내일이면 퇴원하는 날, 할머니 침대 옆에 앉아 있는데 침대 커튼을 살짝 젖히고 다에 씨가 들어왔다. 내가 일어나려고 하자, 다에 씨가 그러지 말라고 손짓으로 말린 후 선 채로 말했다.

"내일 도쿄로 돌아가요. 남편이 데리러 오겠대요."

"그래……. 그거 잘됐구나."

할머니가 기쁜 듯이 말했다.

나는 주스를 사 오겠다고 하며 다에 씨에게 고개를 숙이고 병실을 나왔다.

다에 씨는 내일 떠난다.

나는 복도로 나가 창밖이 서서히 오렌지빛 저녁놀로 물드는 풍경을 바라보았다. 내일 다에 씨가 도쿄로 돌아간다는 것은 앞으로 두 번 다시 만나지 못한다는 말이다. 그렇게 생각하자 가슴 어딘가가 꼬집힌 것처럼 아팠다.

잠시 후, 다에 씨가 병실에서 나왔다.

"저기 잠깐만요."

다에 씨를 붙잡아두고, 나는 할머니에게 내일 퇴원 시간에 데리러 오겠다고 말했다. 할머니는 무슨 일이 있었는지 눈시울을 훔치고 "기다리마"라고만 말했다.

"저도 집에 갈 거예요."

나는 다에 씨와 함께 병원을 나섰다.

내가 할머니 집에 왔을 때보다 바깥 공기가 훨씬 시원해졌다. 나는 다에 씨와 나란히 걸었다. 여기에서 집까지는 해변 국도를 따라 걷다가 언덕을 올라가서 한 15분 정도 걸릴까. 나는 어떻게든 그 시간을 늘리고 싶었다. 옆에 나란히 선 다에 씨의 머리는 내 어깨 정도 높이였다. 힐끔 시선을 주자, 다에 씨가 손에 든 작고 빨간 바구니 가방에 자질구레한 물건이 잔뜩 들어 있었다. 이 사람이 살아가는 데 필요한 물건. 누군가의 아내로서, 또 아유무의 엄마로서.

"저기, 아유무는……."

"응. 엄마가 보고 계셔. 이젠 나는 뒷전이고 아주 할머니 껌딱지야. 내일 틀림없이 올겠어."

국도에 후미등을 켠 차가 길게 꼬리를 물고 있었다. 국도 옆 해변에는 이미 아무도 없었다. 하늘이 오렌지빛에서 자줏빛으로 바뀌어 벌써 밤기운이 완연하게 감돌았다.

"얘, 마코토. 용궁굴에 잠깐 가보지 않을래?"

그러더니 다에 씨는 내 대답을 기다리지 않고 멈춰 선 차 사이를 지나 해변 쪽으로 걸어갔다. 나도 그 뒤를 쫓아갔다. 마코토. 다에 씨가 내 이름을 부른 건 처음 아닐까.

"여기 오래 머물렀는데, 내 곁에는 늘 아유무가 있잖아. 한 번도 헤엄치지 못했어. 용궁굴에 가는 것도 아유무가 무서워서……."

다에 씨의 말투는 경쾌했다. 역시 내일 도쿄로 돌아가게 되어서 다에 씨의 마음 어딘가가 가뿐해졌을지도 모르겠다. 내가 모르는 뭔가가 해결된 것이다. 내가 모르는 어딘가에서. 내가 모르는 사람과의 문제가.

어두워진 해변을 조금 걸어 용궁굴로 이어지는 계단을 손으로 더듬으며 천천히 내려갔다. 내가 먼저 내려가서 다에 씨에게 손을 빌려줬다. 이 근처는 커플의 데이트 성지로 유명한데 오늘은 나와 다에 씨 이외에 아무도 없었다. 눈앞에 바다와 연결되는 커다란 구멍이 있고 거기에서 파도가 밀려왔다. 다에 씨는 파도가 닿지 않는 바위 위에 앉았다. 나도 조금 거리를 두고 앉았다. 우리 둘은 그저 묵묵히 파도가 밀려왔다가 멀어지는 소리를 들었다.

　"고등학생 때 처음 사귄 남자 친구랑 여기 와본 적 있어. 마코토……, 전에 그 여자 친구랑도 여기 왔었니? 정말 귀엽던데."

　다에 씨가 앞을 본 채 말했다. 여자 친구라니 누굴 말하나 순간 의아했는데 아사히라는 걸 알고 나는 고개를 저었다.

　"여자 친구가 아니라 소꿉친구예요. 그냥……."

　나는 그때, 아사히의 목뒤에 도드라졌던 등뼈를 떠올렸다. 아사히에게서는 그날 이후로 연락이 없었다. 나와 아사히는 이제 다시는 예전처럼 대화를 나누지 못하지 않을까. 나는 아사히에게 상처를 줬다. 이번에는…….

"저기 보이는 별, 저거 안타레스인가?"

다에 씨가 갑자기 하늘을 올려다보며 손가락으로
가리켰다. 동쪽 하늘에 밝게 빛나는 별이 보였다. 은종
이처럼 빛을 발산한다.

"아……, 저건 알타이르요. 독수리자리. 안타레스는
남쪽에 보이는 빨간 별이죠……. 전갈자리 별이요. 여
기에서는 잘 안 보이지만요."

별에 관해서는 여기 올 때마다 아빠가 수도 없이 설
명해줬다.

여름 밤하늘에 뜬 세 개의 별을 연결하면 생기는 커
다란 대삼각형을. 그중 하나가 은빛 알타이르. 남쪽 하
늘 낮은 위치에서 붉게 빛나는 별이 안타레스.

"마코토, 잘 아네?"

잘난 척하며 설명한 것처럼 보일까 봐 나는 고개를
움츠리고 좌우로 저었다.

"나는 전갈자리야. 전갈자리는 질투심이 많고 집착
이 강하대."

그러면서 다에 씨가 숨을 내쉬며 웃었다.

"저는 사자자리요."

"그래? 여름에 태어났구나. 그래서."

"다에 씨……."

다에 씨가 나를 쳐다봤다. 어두워서 표정은 알 수 없었다.

"저는 다에 씨를 좋아해요."

이 말을 하는 데 엄청난 용기가 필요했다. 그래도 단숨에 말해버렸다. 가능하면 파도 소리에 휩쓸려 다에 씨 귀에 들리지 않았으면 좋겠다고 생각했다. 그러나 아사히에게 상처를 준 나니까 제대로 말해야 했다.

"고마워……."

다에 씨는 그저 그 말만 했다.

나와 다에 씨 앞에는 파도가 도려낸 바위 저 너머에 바다가 있고, 나와 다에 씨 위에는 별하늘이 펼쳐졌다. 그저 그것뿐이었다. 나와 다에 씨는 한참이나 말이 없었다.

다에 씨가 "그만 갈게" 하고 나직한 목소리로 말했다. 갑자기 그런 소리를 한 내가 무서웠을지도 모른다. 나는 바위 위에 앉아 한동안 거기 있었다. 다에 씨가 계단을 올라가는 소리가 들렸고 어느새 들리지 않았다.

다음 날 오전, 할머니를 모시러 병실로 가자 아이카와 할머니가 있었다. 할머니는 옷을 갈아입었고, 아이카와 할머니가 짐 꾸리는 걸 돕고 있었다.

"기운 차려서 정말 다행이야. 마코토도 정말 얼마나 놀랐니?"

네, 하고 대답하며 아이카와 할머니 옆에 이제는 없는 다에 씨를 생각했다. 아마 오늘 아침 일찍 도쿄로 돌아갔겠지. 결혼한 상대가 데리러 와서 다에 씨는 도쿄로 돌아갔다. 결혼한 상대와 그와 낳은 아이와 함께.

도쿄 어딘가. 내가 모르는 어딘가에.

집에 돌아온 할머니는 깔끔해진 집을 보고 놀랐다.

"마코토, 걱정 끼쳐서 정말 미안하다."

그러면서 나를 와락 끌어안았다.

"마코토가 또 자란 것 같네."

할머니가 울먹이는 목소리로 말했다.

내가 삶은 소면과 아이카와 할머니가 준 생선조림을 먹은 뒤, 할머니는 내가 깐 요에 누워 말했다.

"마코토, 수영하고 오렴. 조금 있으면 여름도 끝날 거야."

나는 마호병에 직접 보리차를 담고 바다로 이어지는

언덕을 내려갔다.

내가 찾아가지 않은 사흘 사이에 해안은 어느새 가을 분위기로 바뀌어 시치미를 뚝 떼고 있었다. 여름에서 가을로, 마치 옷을 갈아입는 것처럼. 이글이글 팔을 태우던 태양도 힘이 약해졌다. 의욕을 좀 보이란 말이야, 아직 8월이잖아. 나는 속으로 태양에 대고 짜증을 부렸다.

해변에는 가족 단위로 온 사람이 몇 명 있었는데, 물가에서 노는 사람과 모래 스키를 타는 사람들만 있지 바다에서 헤엄치는 사람은 없었다. 이제 해파리가 나오기 때문이겠지.

나는 티셔츠와 비치 샌들을 벗어 던지고 바다를 향해 달려갔다. 갈 수 있는 곳까지 있는 힘껏 자유영으로 헤엄쳤다. 도중에 물컹물컹한 것이 다리 사이로 이동하는 게 느껴졌다. 찌를 테면 찔러봐. 나는 앞바다에 벌러덩 누워 둥둥 떠다녔다. 할머니 집에 와서 처음 헤엄쳤던 그날과 같은 해방감은 이미 온데간데없이 사라졌다. 오히려 바다에 떠 있는데 중력 비슷한 것을 느꼈다.

열여섯, 열일곱, 열여덟, 나이를 먹을수록 그 중력이 점점 더 무거워지리라 예감했다. 유카타를 입은 아사히를 생각했고, 은종이색 알타이르를 안타레스로 착각한 다에 씨를 생각했다. 그 사람을 좋아했다. 나는 숨을 참고 갈 수 있는 가장 깊은 곳까지 잠수했다.

진주별 스피카

아침에 일어나 1층으로 내려가자 엄마가 식탁에 앉아 있었다. 엄마는 나를 보고 살포시 웃었다. 다른 소리가 안 나는 것으로 보아 아빠는 아직 자나 보다. 나는 엄마에게 "굿모닝" 하고 소리 내 인사했다. 엄마의 입술이 움직였지만 목소리는 들리지 않는다. 유령, 그러니까 죽은 사람은 말하지 못한다는 걸 죽은 엄마가 내 앞에 나타난 후로 알게 되었다.

앞치마를 두르고 아침을 차리기 시작했다. 엄마는 내 옆에 서서(유령은 다리가 없다고 생각했는데 엄마는 두 다리가 잘 있었고 익숙한 양말을 신었다) 걱정스럽게 내 손놀림을 지켜보았다.

육수가 보글보글 끓는 냄비에 국자로 된장을 퍼서 바로 넣으려고 했는데, 엄마가 화난 표정을 짓고 가스레인지를 가리켰다.

"아, 맞아. 된장은 불을 끄고 넣지."

내가 중얼거리자 엄마가 고개를 끄덕이고 또 웃었다. 2층에서 아빠가 내려오는 소리가 났다. 쉿, 입술 앞에 손가락을 세우고 나와 엄마는 마주 보며 웃었다. 머리가 사방팔방 뻗친 잠옷 차림의 아빠가 "미치루, 아까 뭐라고 말하지 않았니?" 하고 잠이 덜 깬 목소리로 물었다.

"아니, 그냥 혼잣말."

"그런 점은 엄마를 닮았네."

말을 마친 순간, 아빠는 아차 싶은 표정을 짓고 세수하러 갔다. 엄마와 다시 얼굴을 마주 보았다. 엄마가 아주 조금 슬픈 표정을 지은 것처럼 보였다.

아빠와 아침을 먹는 동안 대화는 거의 오가지 않는다. 식사 때 이렇게 침묵이 이어지게 된 것도 엄마가 돌아가신 후부터다. 아빠와 나 사이를 연결해주던 엄마의 수다가 사라졌기 때문이다. 아빠는 신문에 시선을 준 채 내가 태워먹은 달걀프라이를 젓가락으로 건드린다.

나는 소리 나지 않게 조심히 된장국을 먹는다. 엄마는 늘 엄마가 앉는 자리에 앉아서 나와 아빠가 밥 먹는 모습을 따스하게 웃으며 지켜본다. 짹짹짹, 마당에서 새가 우는 소리가 들렸다. 아무리 유령인 엄마가 곁에 있다지만 아빠와 단둘이 하는 식사는 역시 어색했다. 살아 있는 엄마가 없는걸. 그런 생각이 들면, 가슴 안쪽이 개미에 물린 것처럼 따끔하게 아프다. 엄마가 내 아픔을 알아채기라도 한 듯 내 손을 건드렸다. 나는 엄마 얼굴을 봤다. 엄마가 고개를 끄덕였다. 나도 고개를 끄덕였다. 신문에 시선을 둔 아빠는 그걸 알아차리지 못한다.

침묵 어린 아침 식사를 마치고, "다녀오마. 가스랑 문단속에 신경 써라"라는 말을 남긴 후 아빠는 허둥지둥 집을 나섰다. 아빠의 머리는 여전히 뻗쳐 있었지만 알려줄 생각은 없었다. 나는 싱크대에 식기를 가져가 물에 담그고 세면대 앞에서 몸단장을 했다. 그런 나를 엄마는 그저 가만히 지켜보았다. 엄마가 여기, 라는 듯 내 머리카락을 가리켰다. 아빠처럼 심하게 머리가 뻗쳤다. 나도 모르게 웃어버렸고, 헤어스프레이를 잔뜩 뿌려 빗으로 난폭하게 빗었다. 내 머리가 뻗쳤거나 말거나 신경 쓸 사람은 학교에 아무도 없지만. 그렇게 생각하면서도 머리를 대충 정리했다.

거실에는 엄마의 유골과 하얀 천을 간 작은 불단이 있다. 시선에 들어올 때마다 유골함이 커서 놀란다. 여름방학이 시작되면 아빠 고향에 있는 무덤에 봉안할 예정이라고 한다. 꽃병 물을 갈고, 곧 집을 나설 거니까 향은 피우지 않은 채 종만 울렸다. 엄마는 그런 나를 가만히 지켜보았다.

거실 커튼을 쳤다. 거실이 어두워지면 엄마 몸이 왠지 조금 진해진다. 햇빛이 닿으면 엄마 몸 자체나 윤곽이 흐릿해진다. 마치 오로라처럼. 너무 강한 빛이 닿으면 이대로 사라지지 않을까 불안해진다.

엄마 모습이 정말 보이지 않을 때가 있다. 학교에서 괴롭힘을 당해 심각하게 기분이 가라앉았을 때. 이럴 때야말로 엄마가 곁에 있어주면 좋겠는데 엄마는 어디론가 가버린다. 어디로 가는지는 모른다. 그래도 계속 우울감만 곱씹을 순 없지, 밥해야겠다 하고 1층에 내려가면 엄마가 생글생글 웃으며 식탁의 늘 앉는 자리에 앉아 있다.

엄마. 나도 모르게 안으려 했으나 거기에는 그저 공

120

기만 있다. 실체 있는 몸이 있을 리 없다. 그래도 고개를 들면 엄마가 웃고 있다.

처음에는 엄마가 돌아가신 충격으로 머리가 이상해진 줄 알았다. 또 학교에서 괴롭힘을 당하니까. 감당할 수 없이 슬픈 일이 겹쳐서 엄마 환상을 보는 것 아닐까. 그러나 내 머리가 이상해졌을 리 없다. 보건실에만 있긴 해도 매일 학교에 가고, 보건실의 미와 선생님이 이상하다고 뭐라고 한 적도 없다. 학교 성적도 중간보다 조금 위다. 아빠는 일하느라 바빠서 내 변화를 전혀 알아차리지 못하지만, 어떻게든 일상생활은 잘 한다. 괜찮아, 괜찮아. 엄마 유령이 보일 뿐이야. 그냥 그것뿐이야. 나는 현관에서 신발을 신었다. 엄마가 손을 흔들었다. 엄마는 집 밖으로 나오지 않는다.

집을 나설 때면 조금 긴장한다. 오늘도 괴롭힘을 당할지 모르니까 걱정되고, 또 통학로 근처에는 엄마가 사고를 당한 곳이 있다. 나는 그 길을 지나지 않으려고 멀리 돌아 학교에 간다. 같은 교복을 입은 학생들이 스쳐 지나갔다. 내 몸이 잔뜩 긴장했다. 학교는 대체 왜 가야 하나, 매일없이 생각하지만 좋아하는 미와 선생님과 만나고 싶으니까 어지간해서는 학교를 쉬지 않는다.

보건실 등교라도 빠지지 않고 가면 개근상을 받을 수 있을까?

엄마가 교통사고로 돌아가신 것은 두 달 전, 길고 긴 연휴가 막 끝났을 때였다. 오후 3시가 지났을 때 보건실에 연락이 왔다. 옆집에 사는 나오 오빠(지금 내 담임 선생님이니까 학교에서는 후나세 선생님이라고 부르지만)가 당장 병원에 가자면서 급하게 달려왔다. 나오 오빠가 불러준 택시를 타고 옆 동네 병원에 갔다. 어머니가 사고를 당하신 것 같다고 나오 오빠가 차분하게 말해 줬는데, 나오 오빠도 그 이상은 모르는 것 같았다. 그래도 병원에 도착했더니 영안실로 안내받아서 '아, 엄마가 돌아가셨구나' 하고 알았다. 엄마는 얼굴에 하얀 천을 덮고 누워 있었다. 하지만 무서워서 천을 들추지는 못했다. 영안실은 서늘했고 향냄새가 배어 있었다. 오늘 엄마가, 내가 좋아하는 단단한 푸딩을 만들어주겠다고 했는데. 이제 그 푸딩은 못 먹겠네. 그렇게 생각하자 갑자기 슬퍼졌지만 눈물이 나오지는 않았다.

잠시 후 아빠도 창백한 얼굴로 왔다. 아빠는 오자마자 엄마의 얼굴을 덮은 천을 들추려고 했는데, 간호사가 "얼굴 손상이 심해요"라며 말렸다. 그래도 아빠는 천을 들췄다. 나는 눈을 질끈 감았다. 아빠가 몸 안쪽에서 쥐어짜는 듯한 울음소리를 내서, 나는 그 목소리가 더 무서웠다. 아빠는 마치 짐승처럼 바닥에 무너져 내려 울었다.

이런저런 장례식 절차는 어리둥절한 사이에 공장 컨베이어 벨트에 올라탄 것처럼 진행되었다. 동급생과 동급생의 부모님이 와서 내 손을 잡고 울며 "힘내"라고 말했으나 뭘 어떻게 힘내면 좋을지 알지 못했다.

한동안은 나오 오빠의 어머니가 몇 번인가 반찬을 나눠 줬는데, 계속 신세를 질 수도 없는 노릇이었다. 아빠도 몇 번쯤 요리에 도전했으나 결과는 우스터소스 맛만 나는 카레라이스, 새까맣게 탄 돈가스, 한 입 먹으면 혈압이 급상승할 듯한 된장국 같은 끔찍한 것이었다. 나는 동아리 활동도 안 하니까 시간이 남아돌았다. 도서실에서 《요리 1학년》이라는 책을 살펴봤는데, 중학교 1학년인 나도 할 수 있을 것 같았다.

"아침이랑 저녁은 내가 만들게. 그래도 청소는 아빠가 해."

내 말을 듣고 아빠는 한시름 놓은 표정을 지었다.

《요리 1학년》은 육수 내는 방법부터 알려주었다. 엄

마는 디저트 만드는 데는 열정이 대단했는데, 내 생각에 요리 실력이 그렇게 뛰어난 것 같진 않았다. 엄마가 육수 내는 모습을 본 적이 없다. 분말 육수를 폴폴 넣는 걸 본 적은 있다. 그래도 '어디 육수부터 해볼까' 하는 마음이 든 건, 나는 방과 후에 같이 놀 친구도 없고 동아리 활동도 안 하고 학원도 안 다녀서 한가하니까.

조리 실습 때 이외에는 채소도 제대로 썰어본 적 없으니까 처음부터 잘될 리 없었다. 아얏, 뜨거워, 난리를 치며 두 시간이나 걸려 하도 끓여서 스튜처럼 뭉그러진 고기 감자조림을 만들었다. 엄마는(정확히는 엄마 유령) 그런 나를 가만히 지켜보며 위험할 때는 눈짓으로 알려줬다. 요리할 때, 엄마는 늘 내 곁에 있어준다. 그래서 나는 혼자 요리해도, 아빠의 퇴근이 늦어져도, 혼자 저녁을 먹어도 외롭지 않았다.

학교에 도착해 신발장의 실내화로 갈아신으려는데 빨간 매직으로 '불여우'라고 적혀 있었다. 패턴 참 단순하다. 나는 숨을 훅 내쉬고 실내화를 신었다. 교실이 있는 2층으로 올라가지 않고 1층 교무실 앞을 지나 보건실로 갔다. 그야 내 눈이 가느다랗고 조금 위로 올라간 건 사실이다. 그것 때문에 불여우라니, 너무 단편적이군…… '단편적'이라는 말이 이럴 때 쓰는 말인지는 잘 모르겠지만 일단은 그렇게 생각했다.

중학교에 올라가고 얼마 지나지 않아 나는 초등학교 2학년 때까지 살았던 이 동네로 돌아왔다. 그 전에는 잦은 아빠의 전근 탓에 2년마다 이사를 다니며 지방마을에서 살았다. 내가 없던 4년 동안 이 작은 동네는 달라졌다. 친구들과 갔던 과자 가게도, 맥도날드도 사라졌고 역 앞에는 고급스러워 보이는 마트가 생겼다.

친했던 친구들은 모두 입시를 치러 사립 중학교에 갔다. 공립에 남은 애들은 바보와 머저리들뿐이다. 전학 첫날 나오 오빠가 시켜서 칠판 앞에 나가 자기소개를 하며 나는 내심 생각했다. 그런 소리를 입 밖에 내지는 않았는데 마음이 태도로 묻어났는지, 전학 첫날부터나는 바보와 머저리들의 눈 밖에 나 괴롭힘의 표적이되고 말았다. 괴롭힘을 당한 건 태어나서 처음이었는데, 매일같이 겪어보니 예상보다 훨씬 더 힘들다고 생각했다.

교과서에 낙서를 해놓거나 쓰레기통에 버리는 건 일상다반사, 체육복이 녹조로 푸르딩딩한 수영장에 둥둥 떠 있던 적도 있었다. 나는 스마트폰이 없는데, SNS나 라인 단톡방에 내 험담이 난무할 게 상상이 가고도 남았다.

너무 심한 짓을 당해서 큰 충격을 받았지만, 나는 울거나 화를 내지 않았다. 어려서부터 그랬다. 나는 잘 울지 않는 애였다. 희로애락을 있는 그대로 표출하는 게 부끄러웠다. 반 친구와 싸워서 엉엉 울거나 소풍 때 친한 친구와 같은 그룹이 되었다고 폴짝폴짝 뛰며 기뻐하거나 조금 부딪친 정도로 팔을 마구 휘두르며 화를 낸다니 너무 부끄럽다. 그런 친구들을 보면 동물 같다고 생각했다.

나의 그런 태도가 괴롭히는 쪽을 더욱 짜증 나게 만든다는 걸 알아차린 건 괴롭힘이 시작되고 한참 지난 후였다.

담임인 나오 오빠는 당연히 내가 괴롭힘을 당하는 걸 알고 있다. 종례 시간에 그런 이야기를 꺼내기도 했다. 하지만 나는 제발 그러지 말았으면 좋겠다. 언제 어디에서 샜는지 내가 나오 오빠 옆집에 사는 걸 다들 알아서, 나오 오빠와 내가 복도에서 얘길 나누면 상스럽게 휘파람을 불곤 했다. 중학교에 들어와서 알았는데, 나오 오빠는 여학생들 사이에서 의외로 인기가 있었다. 나는 도무지 이해가 안 되는데 말이다. 그러니까 인기 있는 선생님이 괴롭힘을 당한다는 이유로 나를 신경 쓰면, 결국 더 심하게 괴롭힘을 당한다. 괴롭힘은 나오 오빠의 시선이 닿지 않는 곳에서 이루어졌고, 발각되더라도 자기가 했다고 솔직하게 털어놓을 학생이 있을 리 없다. 괴롭힘은 학교생활의 응달에 존재한다. 가해하는 학생은 꼭 뱀 같다. 응달에 도사린 뱀이 이놈이라면 괴롭혀도 되겠다 싶은 작고 만만한 동물을 노린다. 이번에는 그게 나였다.

나는 성적이 특별히 좋지도 않고, 학교에서는 거의 말을 하지 않으니까 매일 공기처럼 지냈다. 그렇지만 전학생이면서 인기 있는 선생님인 나오 오빠 옆집에 사는 데다가 눈이 가느다랗고 치켜 올라갔으니까…….
생각해봤자 무의미한 걸 알면서도 내가 괴롭힘을 당하는 이유를 따지기 시작하면 잠을 잘 수 없다. 눈을 감아도 도무지 수마가 찾아오지 않는다. 침실 커튼 너머가 밝아올 때까지 한숨도 자지 못했지만, 나는 그래도 교복을 갈아입고 학교에 갔다.

전학을 오고 그런 나날이 열흘쯤 이어지던 어느 날,

학교 정문을 지나려고 하는데 내 발이 단 한 발짝도 앞으로 나가지 못했다. 교문 양옆에서 마젠타색 장미가 바람에 흔들렸다. 나는 땀을 흠뻑 흘렸다. 비지땀이라는 단어를 알고는 있었는데, 비지땀을 흘린 건 그때가 처음이었다. 몸의 중심부터 화르륵 뜨거워지고 온몸의 표면이 미끈거렸다. 그러다가 메슥거리며 토할 것 같았다. 수업을 알리는 종이 울려도 그 자리에서 한 발짝도 움직이지 못하는 나를 지각 직전 아슬아슬하게 달려온 학생들이 의아한 듯이 바라보았다. 같은 반 애들도 있었다. 괜찮으냐는 소리를 듣고 싶었던 건 아니지만 걔들은 킥킥 웃으며 가버렸다. 그러다가 눈앞이 어질거리고, 새까매지고, 시야 한쪽에 작은 섬광이 번쩍거려서 나는 그 자리에 쪼그려 앉았다. 토하고 싶었는데 필사적으로 참았다.

"어이, 미치루!"

왜 이럴 때 이름을 부르나 싶었지만(그러면 또 괴롭힌단 말이야), 새파래진 얼굴로 달려온 나오 오빠의 목소리를 듣자 조금은 마음이 놓였다. 나오 오빠는 나를 업어줬다. 너무 안심한 탓에 나오 오빠의 등에 업혀 한바탕 토했다.

"나오 오빠, 미안……."

사과했지만 구역질을 참을 수 없었다.

"괜찮으니까 다 토해."

나오 오빠와 내 모습을 교실 창문에 붙어 모든 아이들이 지켜보고 있었다. 토를 했기 때문이 아니라 '아아, 또 이걸로 괴롭히겠네' 하는 생각이 들어 눈가에 눈물이 맺혔다.

교문 너머로 걸어가지 못하는 나날이 일주일 정도 이어지고, 나는 교실이 아니라 보건실로 등교하기 시작했다. 아침에 교문까지 가면 기다리던 나오 오빠가 나를 업어서 보건실로 데려다준다. 그러지 않으면 내 다리가 움직이지 않았다. 보건실 미와 선생님은 나오 오빠를 보면 얼굴을 살짝 붉힌다.

"당분간 여기서 공부하고, 올 수 있겠다 싶으면 교실에 와."

나오 오빠의 말에 눈물이 왈칵 차올랐다. 그런 건 좀 빨리 말하란 말이야.

나는 미와 선생님 책상 앞에 앉아 시간표대로 교과서를 펼치고, 선생님들이 미리 준비해준 프린트 문제를 풀며 시간을 보냈다.

"너무 성실하게 안 해도 돼. 쉬엄쉬엄해. 몸이 안 좋으면 침대에 누워도 되고."

미와 선생님은 그렇게 말해주고, 나 이외에 학생이 없을 때는 서랍에서 딸기 맛 사탕을 꺼내 건네주기도 했다. 여전히 밤에 잠을 거의 자지 못하니까 교과서를 펼치면 바로 졸음이 쏟아졌다.

"선생님……. 잠깐 누워도 될까요?"

"당연하지. 얼른 누워."

미와 선생님이 웃었다.

보건실 침대는 시트도 이불도 새하얗고 집 이불과 전혀 다르게 소독약 같은 냄새가 은은하게 났다. 미와 선생님이 침대와 침대 사이의 하얀 커튼을 쳐줬다. 교복을 입고 양말을 신은 채 이불에 누우니까 기분이 조금 묘했다. 활짝 열린 창 너머로 음악실 합창 소리나 체육관에서 농구공을 드리블하는 소리가 들렸다. 나는 그런 소리를 들으며 금방 잠들었다. 내 방 내 이불에서는 절대 찾아오지 않는 깊고 깊은 잠. 뜨뜻미지근한 늪 속으로 끌려드는 것만 같은 잠이었다. 학교에 와서 집에 갈 때까지 반나절 내내 잔 적도 있다. 어느 날, 미와 선생님이 물었다.

"사쿠라. 밤에 집에서 잘 자니?"

그렇다고 대답했지만 거짓말인 걸 다 알겠지.

보건실 등교를 시작한 건 엄마가 돌아가시기 보름 전이다. 학교에서 괴롭힘 당한다는 말을 엄마에게는 하지 않았다. 할 수 없었다. 아빠는 말하고 싶어도 퇴근이 늦으니까 얼굴을 보지도 못한다. 하지만 엄마는 알고 있었겠지. 지저분해진 실내화나 체육복을 엄마가 보기 전에 어떻게든 깨끗하게 빨려고 했지만, 내 생각만큼 깨끗해지지 않았다. 그래도 월요일이면 엄마가 새하얀 실내화와 체육복을 줬다. 또 나오 오빠가 엄마한테 말하지 않았을 리 없다. 그래도 엄마는 뭐라고 하지 않았다. 보건실 등교 이야기는 전혀 하지 않고, 매일 아무것도 모르는 얼굴로 아침을 차려주고(나는 거의 입을 대지 못했지만) 나를 학교에 보냈다. 그렇게 지내던 중에 엄마가 돌아가셨다. 음주운전 차에 치여서.

엄마가 돌아가셨는데도 이상하게 울지 못하는 나날이 이어졌고, 나는 잠들지 못할 때는 2층 빨래 너는 곳으로 나가 밤하늘을 올려다보기 시작했다. 달리 할 일도 없었으니까. 회색빛 구름만 흘러가고 별은 보이지 않았다. 저 멀리 보이는 쓰레기 소각장의 하얀 연통, 그 측면에 설치된 빨간 램프가 깜박깜박 반짝이는 걸 묵묵히 바라보았다.

어느 날, 갑자기 팔뚝 근처에 온기를 느꼈다. 한밤중의 쌀쌀한 공기 속에서 누가 있는 힘껏 숨을 내쉰 것처럼. 아빠인가 하고 옆을 봤는데 엄마가 있었다. 엄마가 내 옆에 무릎을 안고 앉아서 하늘을 보고 있었다. 나는 손가락으로 눈을 비볐다. 괴롭힘을 당하고 엄마가 돌아가셔서 너무 괴로운 나머지 마침내 내 마음이 부서진 줄 알았다. 엄마 몸은 투명했다. 엄마 몸의 윤곽만 은은하게 일곱 가지 색으로 빛났고, 그 선이 연해졌다 진해졌다 했다. 나는 엄마의 정면에 앉아 엄마 얼굴을 들여다보았다. 무서웠지만 제일 먼저 그걸 확인하고 싶었다. 손상은 어디에도 없었다. 그날, 내가 등교전에 마지막으로 본 엄마의 얼굴과 똑같았다.

"엄마야?"

내가 묻자 엄마가 그렇다는 대답도 없이 고개만 끄덕였다.

"정말로 엄마야?"

또 끄덕였다.

"엄마 유령이야?"

그렇게 묻자 엄마가 곤란한 듯했다. 자기가 유령인
지 아닌지 모르겠다는 걸까. 엄마는 목소리를 내지 않
았다. 유령이 목소리를 내지 못하는 걸 나도 몰랐다.

엄마는 자기 팔을 그러안는 듯이 하고 추운 것처럼
몸을 떨었다.

"어? 엄마, 추워?"

엄마는 아니라는 듯 고개를 저었다. 그리고 나를 가
리켰다. 한 번 더 몸을 떠는 시늉을 하고 내 방을 가리
켰다.

"내가 추울 것 같다고?"

그렇다는 뜻으로 엄마가 고개를 끄덕이고, 두 손을
겹쳐 뺨 아래에 대고 눈을 감았다. 꼭 제스처 알아맞히
기 게임 같다.

"응. 그만 잘게."

내 말에 엄마가 안심한 듯 미소를 지었다. 그 순간,
엄마 모습이 사라져서 나도 모르게 "아앗" 하고 외쳤
다. 허둥지둥 방에 들어가자, 침대 옆에 엄마가 서 있었
다. 내가 이불을 덮고 눕자 엄마가 바닥에 앉아 내 머
리를 쓰다듬었다. 손의 감촉은 없었다. 그래도 엄마 손

의 온기를 희미하게 느낀 기분이었다. 눈을 감아도 심장이 쿵쿵 뛰었다. 나는 어느새 깊이 잠들었다. 보건실 침대에서도 이렇게 푹 잘 수는 없을 거라는 생각이 들만큼 깊고 깊은 잠이었다. 이 동네에 돌아와서 이렇게 잘 잔 건 처음이었다.

다음 날 아침, 눈을 뜨자마자 바로 엄마를 찾았다. 엄마는 어제처럼 침대 옆에 앉아 있었다. 아침 햇살을 받아 엄마 몸이 어제보다 흐릿해진 것 같았다. 나는 얼른 커튼을 쳐 방을 어둡게 했다. 엄마가 진해졌다. 나는 엄마의 허리 쪽을 끌어안았다. 그러나 만져지는 몸은 없었다. 내가 내 팔을 붙잡을 뿐이었다. 머리가 이상해져서 보이는 환상이든 유령이든 아무래도 좋았다. 지금 내 눈앞에 엄마가 있다. 고개를 들자 엄마가 시계를 가리켰다. 학교에 가라는 건가. 이해한 후 나는 느릿느릿 교복을 갈아입었다.

1층에 내려가 세수하고 이를 닦고 앞치마를 두르자, 부엌에 엄마가 있었다. 무를 좀 더 가늘게 썰어라, 아빠한테 매실절임을 꺼내줘라, 엄마는 그런 걸 몸짓으로 표현했다. 한 가지 궁금한 건 아빠에게도 엄마의 유령이 보이는지였다. 아빠는 평소처럼 뻗친 머리를 하고 신문을 손에 들고 와 식탁 의자에 앉았다. 엄마가 옆에 서 있는 걸 전혀 알아차리지 못했다. 엄마는 아빠의 심하게 뻗친 머리를 가리키며 웃었다. 나도 아빠에게 들키지 않게 웃었다.

엄마가 지켜보는 가운데 아빠와 나는 식사를 마치고 각자 집을 나섰다. 엄마도 학교에 같이 와주면 좋겠다고 바랐는데 아무래도 엄마는 집 밖으로 나올 수 없나 보다. 엄마가 문 안쪽에 서서 손을 흔들었다. 나도 손을 흔들었다. 그날부터 유령 엄마와의 생활이 시작되었다.

몸이 투명해서 조금이라도 강한 빛이 닿으면 흐릿해지고 대화도 나누지 못한다. 집 밖에 나오지는 못해도 집 안에서는 순간 이동을 할 수 있다. 그게 엄마라는 유령의 실태였다.

변함없이 보건실 등교를 이어가는데, 어느 날 나오 오빠가 보건실에 와서 말했다.

"종례 때만 참석해볼래?"

나는 잠시 고민하다가 그러겠다고 했다.

"무리하지 않아도 돼, 사쿠라. 가기 싫으면 안 가도

괜찮아."

미와 선생님이 말했지만 나는 가겠다고 대답했다. 나도 언제까지나 보건실 등교를 하는 건 좋지 않다고 생각하니까. 종례만이라면 몇 분만 교실에 있으면 되니까. 나는 결심하고 나오 오빠 뒤를 따라 교실로 갔다.

제일 뒷자리에 앉았다. 가해자 그룹의 주범 격인 다키자와라는 여자애는 내가 자리에 앉자 번득이는 눈빛으로 나를 돌아보았다.

긴장했지만 몇 분이면 되니까, 하고 마음을 다잡았다. 반 임원이 뭐라고 말하는 동안, 나오 오빠는 나를 보며 장하다고 고개를 끄덕였다. 그걸 다키자와가 날카롭게 포착하고 나를 노려보았다. 나오 오빠, 부탁이니까 제발 그만 좀 하라고 생각하며 나는 손수건으로 이마의 땀을 닦고 가만히 앉아 있었다. 끝났을 때는 힘이 쭉 빠져서 의자에서 일어날 수 없었다. 나오 오빠가 곁에 와줬다. 일어나야 한다고 생각했으나 다리에 힘이 들어가지 않았다.

나오 오빠가 자, 하고 말하며 내 앞에 쪼그리더니 등을 보였다.

"괜찮아요."

말은 이렇게 했지만 목소리에도 힘이 들어가지 않았다. 나오 오빠는 움직이지 않았다. 어쩔 수 없이 나는 등교했을 때와 마찬가지로 나오 오빠에게 업혔다. 모두의 시선이 따가웠다. 나오 오빠의 목덜미에 땀이 구슬처럼 맺혀 반짝였다. 남자 냄새가 났다. 휘이익 하고 휘파람을 불거나 하진 않았지만 내일 또 괴롭힘을 당하겠다고, 나오 오빠에게 업힌 채 교실을 나오며 나는 생각했다.

그 예감은 적중했다. 신발장을 열자 '후나세 선생님께 꼬리 치지 마'라고 휘갈겨 쓴 쪽지가 몇 개나 들어 있었다. 실내화에는 몇 번이나 빨아 간신히 흐릿해진 '불여우' 옆에 빨갛고 굵은 매직으로 '음란녀'라고 적혀 있었다. 꼬리를 뭐 어떻게 치는 건지도 모르고 나는 음란하지도 않다. 좋아하는 사람도 아닌걸. 보자마자 왈칵 울고 싶었지만 눈물은 나오지 않았다.

나오 오빠는 먼저 교무실에 갔으니까 나는 '꼬리 치지 마'라는 쪽지를 얼른 가방에 감추고, '음란녀'라고 적힌 실내화를 신고 보건실로 갔다.

평소에는 보건실에서도 최대한 자지 않으려고 노력하는데, 그날은 바로 침대에 눕고 싶었다.

"선생님, 잠깐 자도 될까요?"

내가 묻자 미와 선생님은 "물론이지" 하고 평소처럼 웃었다.

내가 느릿느릿 침대에 눕자, 미와 선생님이 실내화를 가지런히 놓아주었다.

"어머, 이거."

미와 선생님이 실내화를 집어 들었다. 선생님은 미간을 잔뜩 찌푸리고 말했다.

"너무하구나."

그 말을 듣자 콧속이 시큰했다. 너무하지. 나도 동감한다. 그렇지만 해결 방법을 모르겠다.

"후나세 선생님한테 말할까?"

"괜찮아요."

나는 즉시 대답했다.

나오 오빠의 귀에 들어가면 나오 오빠는 당장 누가 그랬는지 캐물을 것이다. 그러면 내가 나오 오빠에게 고자질한 게 들킨다. 나오 오빠와 내 거리가 가깝다는 이유로 괴롭힘을 당하는 거니까 괴롭힘이 끝나지 않는다. 점점 더 심해지겠지. 나는 입을 다물었는데 미와 선생님은 내가 무슨 생각을 하는지 대충 짐작했나 보다.

"······후나세 선생님은 사람 마음을 잘 모르지."

미와 선생님이 그렇게 말하며 킥킥 웃었다. 나한테는 전혀 웃을 일이 아니지만, 미와 선생님과 나오 오빠를 놓고 같은 감정을 공유해서 기뻤다. 마음이 통했다고 느꼈다.

"지금은 일단 입 다물고 있을게. 잘 자렴."

미와 선생님이 커튼을 쳤다. 활짝 열린 창문에서 들어오는 바람에 커튼이 흔들렸다. 커튼의 움직임을 지켜보다가 곧 잠의 세계로 끌려갔다.

그날도 사람 마음을 잘 모르는 나오 오빠가 보건실로 데리러 와서 나는 종례 때만 잠깐 참석했다. 솔직히 말하면 가기 싫었지만 조금씩 교실에 있는 시간을 늘리고 싶었다.

"아, 이런. 프린트를 깜박했네. 다들 잠깐 기다려줘."

나오 오빠가 그렇게 말하고 교실에서 나갔다. 교실이 술렁이기 시작했다. 나는 잔뜩 긴장했다. 말을 거는 사람도 없으니까 턱을 괴고 창밖을 무심하게 내다보았다. 문득 인기척을 느껴 시선을 돌리자, 바로 앞에 다키자와와 그 무리가 서 있었다. 아아, 직접적으로 뭔가 말하려나 봐. 가슴이 쿵쾅쿵쾅 뛰었다. 그런데 다키자와가 내던진 한 마디는 예상을 벗어났다.

"애 옆에 뭐가 있어."

다키자와의 목소리가 예상 밖으로 커서 모두 나를 바라보았다. 시선이 따갑다. 보지 마. 속으로 외쳤지만 당연히 소용없었다.

"진짜?"

옆에 앉은 남자애가 목소리를 높였다.

"뭔가 있어. 뭔가가 들러붙었어. 뭐야, 무섭다."

다키자와가 내 머리 옆쪽을 바라보며 말했다.

"다키자와는 영감이 있으니까."

"대단하다, 뭐가 보이는데?"

여자 그룹이 잇따라 외쳐댔다. 이런 여자애, 가끔 있다. 영감이 있다느니 어쩌느니 하며 관심을 끌려는 신비로운 영감 소녀. 수학여행에서 주목받고 싶어 하는 애. 웃기고 있네. 내 생각이 표정에 드러났는지, 다키자와가 거칠게 말했다.

"사쿠라, 너한테 뭔가 들러붙었어. 저주받은 거야."

뭔가 들러붙었다면 우리 엄마라고 대꾸하고 싶었지만, 그런 소리를 하면 나는 마침내 머리가 돌아버린 애가 된다. 다키자와의 말을 들으며 견뎠다. 어떤 표정을 해야 할지 몰라서 묵묵히 다키자와를 바라봤는데, 다키자와는 "꺅! 불여우가 노려봐!"라며 내 곁에서 떨어졌다.

"어이! 조용히 해! 자리에 앉아!"

프린트 뭉치를 들고 온 나오 오빠가 크게 외쳤다. 지금, 지금, 나오 오빠가 조금만 일찍 왔으면 괴롭히는 현장을 목격했을 텐데. 하여간 이런 면이 얄빠졌다니까! 내심 생각하며 내일부터 괴롭힘이 부쩍 심해질지도 모른다는 자그마한 불안의 가시가 가슴 안에서 무럭무럭 자라는 것을 느꼈다.

종례를 마치고, 나오 오빠가 또 나를 업으려 했는데 나는 괜찮다고 거절한 후 혼자 걸었다. 나오 오빠가 내 앞에서 걸었다. 교문까지 같이 가줄 생각인가 보다. 복도를 걷는데, 나오 오빠가 중학교 2학년 교실에 갑자기 들어갔다. 어깨너머로 지켜보는데, 학생 네 명이 머리를 맞대고 뭔가 하고 있었다.

"어이, 슬슬 동아리 시간이잖아. 집에 갈 사람은 집에, 동아리에 갈 사람은 동아리에 가야지!"

나오 오빠가 갑자기 날카롭게 외쳤다. 학생들은 말 그대로 거미 새끼 흩어지듯 가방을 들고 교실에서 튀어

나갔다. 그때 종이 한 장이 팔랑팔랑 교실 바닥에 떨어
졌다.

"또 고쿠리상이군."

종이를 꾸깃꾸깃 구기며 열받았는지 나오 오빠가 중
얼거렸다.

"고쿠리상이 뭐예요?"

학교에서 늘 하던 대로 나는 나오 오빠에게 존댓말
로 물어보았다.

"미치루, 너는 이런 거 몰라도 돼."

이쪽은 존댓말을 쓰는데 나오 오빠는 나를 미치루라
고 부른다.

"후나세 선생님. 학교에서는 미치루라고 부르지 마
세요."

나도 모르게 말하자 "아, 미안" 하고 선생님이 아니
라 나오 오빠의 얼굴로 머리를 긁적였다.

고쿠리상이 뭘까. 고쿠리상. 그 단어가 머리에 입력
되었다. 집에 오자, 엄마가 현관 앞에 서서 나를 반겨주
었다. 얼른 손을 씻고 아빠 컴퓨터를 켰다. 엄마가 옆
에 와서 서길래 둘러댔다.

"엄마, 나 공부할 거니까 잠깐 혼자 있게 해줘."

엄마(의 유령)를 내쫓고 아빠 방문을 잠갔다. 이래도 엄마는 방에 마음대로 들어올 수 있겠지만, 이런 프라이버시는 존중해주는 듯했다. 나는 고쿠리상을 위키피디아에서 검색했다.

"일본에서는 여우 유령을 불러내는 행위(강령술)라고 믿는다. 책상 위에 '네'와 '아니요', '도리이ᶜ', '남자', '여자', 0부터 9까지의 숫자, 오십음도ᶜᶜ를 적은 종이를 놓고, 종이 위에 동전을 올려 참가자 전원이 손가락을 댄다. 질문하면 동전이 움직여서 어떤 질문에도 대답해준다"라고 적혀 있었다. 설명을 다 읽은 내 머릿속에 뻔한 속임수라는 말과 다키자와의 얼굴이 떠올랐다. 자칭 영감 소녀 다키자와는 아마도 이걸 하겠지. 여우 유령이라는 단어도 내가 지금 불여우라고 불리며 괴롭힘당하는 중이어서 짜증만 난다.

이런 게 유행이라니, 하고 애들을 무시하고 싶은 마음과 그렇다면 내가 매일 보는 엄마 유령은 대체 뭐지, 하는 마음이 뒤섞였다. 엄마 유령을 보며 이 세상에는

ᶜ 두 개의 기둥과 가로대가 놓인 형태의 문. 신사 앞에 흔히 세운다.
ᶜᶜ 일본의 문자를 모음 세로 다섯 자, 자음 가로 열 자로 배치한 표.

내가 예상할 수 없는 일이 생기고 내가 모르는 세계가 있다는 걸 알았으면서도 고쿠리상을 시시하게 여기는 마음이 샘솟는다. 그렇지만 고쿠리상에 푹 빠진 학생들과 집에 오면 엄마 유령에게 생글생글 웃으며 지내는 나 사이 어디에 선을 그을 수 있을까.

아빠 방에서 나와 1층으로 내려갔다. 소파에 앉은 엄마가 나를 보고 웃었다. 아빠에게는 보이지 않지만 내게는 보인다. 엄마 유령은 정말 있다. 내가 손을 씻고 앞치마를 두르고 저녁 준비를 시작하는 걸 엄마는 생글생글 웃으며 지켜봤다.

감자를 씻으며 나는 옆에 선 엄마에게 물었다.

"엄마, 나한테 들러붙은 거야?"

엄마는 웃었다. 나는 감자 껍질을 벗기며 다시 한번 물었다.

"엄마는 언젠가 사라져?"

엄마는 그저 조용히 웃었다.

"오늘은 날씨가 좋으니까 옥상에서 먹을까?"

미와 선생님의 말에 늘 보건실에서 먹는 점심을 옥상에서 먹기로 했다. 학생은 옥상에 나갈 순 있어도 점심을 먹는 건 안 된다. 이래도 되나 걱정하며 나도 급식 쟁반을 들고 옥상으로 이어지는 계단을 올라갔다.

날씨가 좋거나 말거나 엄마가 죽은 후로 그런 건 아무래도 좋았다. 그래도 조금 들뜬 미와 선생님의 목소리를 듣고, 날씨 좋은 날 밖에서 밥을 먹으면 기분이 좋다는 게 잠깐 생각났다.

너무 햇살이 강해서 급수탑 그늘에 몸을 숨기고 미와 선생님과 나란히 앉아 급식 쟁반을 무릎에 놓고 먹었다.

부르르, 뭔가 울리는 소리가 나자 미와 선생님이 가운 주머니에서 스마트폰을 꺼냈다.

"아, 귀찮아. 또 메시지네."

나는 평소보다 스스럼없는 미와 선생님의 말투에 뭐라고 대답해야 할지 몰라 묵묵히 핫도그 빵을 먹었다.

"소개팅 앱을 하는데 영 귀찮은 남자가 달라붙었어."

미와 선생님은 어휴 한숨을 쉬고 스마트폰을 주머니에 넣었다. 선생님도 그런 걸 하나, 하고 순간적으로 생각했다가 선생님이 그런 걸 하는 게 뭐 어떠냐고 생각을 고쳤다.

"후나세 선생님, 사쿠라의 옆집에 산다며?"

우물우물 먹으며 미와 선생님이 물었다.

"네."

나는 얼른 빵을 삼키고 대답했다.

"사귀는 사람 있을까?"

나는 잠깐 생각했다. 나오 오빠의 동향에 관심을 가진 적이 없어서 모르는데, 일요일에 잘 차려입고 외출하는 나오 오빠는 본 적이 없다. 화단에 물을 주러 마당에 나가면 나오 오빠는 늘 자기 집 마당에 비닐 매트리스를 깔고 누워서 뭔가를 읽고 있었다. 가끔은 웃통을 벗고 있을 때도 있어서 나는 매번 말을 걸지 않고 집으로 뛰어 들어갔다.

"글쎄요, 없는 것 같아요……."

"그렇겠지?"

미와 선생님이 가볍게 웃었다. 나오 오빠를 살짝 바보 취급하는 것처럼.

"어렸을 때부터 그런 느낌이었니?"

"흐음."

나는 머리를 굴렸다. 나와 나오 오빠가 옆집에 살았던 건 내가 초등학교 1학년 때였고 이때 이미 나오 오빠는 대학생이었다. 그때부터 학교 선생님이 되고 싶어

해서 가끔 내 공부를 봐주기도 했다. 초등학교 2학년 때, 방학 숙제인 자유 연구를 대체 뭘 해야 할지 몰라서 8월 31일에 나오 오빠에게 울며불며 매달린 적이 있었다. 나오 오빠는 자기가 만든 적이 있다면서 마분지 안에 전구를 밝힌 수제 플라네타륨을 하룻밤 만에 만들어줬다. 그게 구에서 주는 상을 받아서 표창식에 섰는데, 그렇게 불편한 표창식이 또 있었을까. 나오 오빠는 표창식까지 따라와서 "이건 무덤까지 가지고 갈 우리 둘만의 비밀이야"라고 겸연쩍게 웃었다. 나는 그런 일화를 머뭇머뭇 미와 선생님에게 말했다.

푸하하하하, 미와 선생님은 웃으며 들어줬다.

"후나세 선생님답네."

"아, 그래도 후나세 선생님 좋은 사람이에요."

나는 당황해서 말을 보탰다. 왠지 모르게 미와 선생님이 나오 오빠를 좋은 사람이라고 생각해주길 바랐다.

"마지막에 아, 그래도 좋은 사람이에요, 라는 말을 듣는 사람은 대부분 나쁜 사람이야"라며 미와 선생님이 웃었다. 나도 재미있어서 웃었다.

"아."

그때 미와 선생님이 옥상 구석을 바라보았다. 다른

반 애들이 웅크리고 앉아 뭔가 하고 있었다. 미와 선생님이 일어나 그 애들에게 다가갔다.

"거기!"

미와 선생님이 외치자 그 애들이 번쩍 고개를 들더니 어떡해, 큰일 났다, 라고 말하며 사방으로 흩어져 옥상 입구로 달려갔다. 미와 선생님이 하얀 종이 한 장을 손에 들고 이쪽으로 돌아왔다.

"하여간 이런 거나 하고 말이야."

그러면서 선생님이 내게 종이를 보여줬다. 도리이와 숫자, 아이우에오 오십음도, 아, 이거.

"고쿠리상, 아니?"

나는 알고 있지만 고개를 저었다.

"이런 건 다 가짜야. 10엔 동전이 혼자 움직이는 게 말이 돼? 어휴."

그러면서 선생님이 종이를 꾸깃꾸깃 구겼다. 이유는 모르겠는데 선생님이 구긴 종이에 나의 소중한 것이 들어 있다는 생각이 불현듯 들었다. 선생님, 엄마 유령이 보이는데요, 머리가 이상해진 걸까요? 갑자기 이런 소리를 하면 미와 선생님의 표정이 어떨까? 병원에 가자고 하면 그걸로 끝이다. 무슨 일이 있어도 나만의 비밀.

하지만 고쿠리상 세계와 엄마 유령은 왠지 연결된 것 같다. 말하자면 세상의 불가사의한 일을 인정하느냐 마느냐의 차이. 소개팅 앱을 하고 나오 오빠를 좋아하고(아마도), 이렇게 급식을 맛있게 야금야금 먹는 미와 선생님과는 인연 없는 세계. 그런 세계를 접한 내가 왠지 다른 사람들과 조금 다른 것 같았다. 그렇다면 영혼이 보인다는 다키자와를 영감 소녀라고 우습게 여길 권리가 내게는 없다는 생각이 들었고, 걔와 내가 같은 부류일지도 모른다는 생각에 조금 실망하기도 했다.

나오 오빠가 만든 그 플라네타륨이 어디에 있나 집을 뒤졌는데, 벽장에도 없고 옷장에도 없고 창고에도 없었다. 곁에 선 엄마에게 물어봤다.

"엄마, 초등학생 때 자유 연구로 만든 플라네타륨, 어디 있는지 몰라?"

엄마가 시선을 피했다. 엄마가 뭔가 숨길 때 보이는 표정이다. 내가 소중히 아껴둔 아이스크림을 혼자 먹었을 때, 엄마는 자주 이런 표정을 지었다.

"버렸어?"

다시 묻자 또 시선을 피했다. 정리를 잘하지도 못하

면서 단사리나 곤마리[ᶜ] 수납법을 떠들어대며 항상 방 정리를 하던 엄마니까 가능하고도 남는다. 나오 오빠가 만들어준 걸 알면서도 그냥 학교에 들고 가게 한 것도 엄마였다.

"숙제는 안 해도 돼."

엄마는 그런 엉뚱한 소리도 잘했다. 아빠와 그것 때문에 자주 싸웠다.

어린애는 노는 게 일이라는 것이 엄마의 말버릇이었다. 엄마도 흥미가 생긴 일은 뭐든 건드려봤고, 대부분 석 달쯤 지나면 질렸다. 그날도 엄마는 역 앞의 핫요가 센터에 가다가 차에 치였다. 엄마가 조금만 일찍 질렸다면 좋았을 텐데.

나는 플라네타륨 찾는 걸 포기하고 평소처럼 엄마의 시선을 받으며 저녁을 만들었다. 아빠가 오늘 평소보다 일찍 집에 온다고 했다. 아빠랑 같이 저녁을 먹기 위해 나는 완성한 요리에 랩을 씌우고 2층으로 올라갔다.

하늘은 이미 완연한 밤이었다. 아침에 널어놓고 깜

[ᶜ] 단사리는 불필요한 것을 끊어내고, 버리고 벗어난다는 뜻. 곤마리란 《설레지 않으면 버려라》로 유명한 곤도 마리에의 정리법. 둘 다 미니멀 라이프와 통하는 단어다.

박한 빨래를 개켰다. 그런 다음 무심히 빨래 건조대 아래에 무릎을 끌어안고 앉아 하늘을 바라보았다. 엄마도 옆에 앉았다. 나는 엄마 어깨에 머리를 기대려고 고개를 기울였다. 그러나 엄마의 몸은 거기에 없다. 그게 슬펐다.

끼익, 아빠가 소리를 내며 계단을 올라왔다.

"어서 와."

"아빠 왔다."

아빠가 넥타이를 느슨하게 풀었다. 손에는 캔 맥주. 양복 차림인 아빠는 사회인이고 상식인인데, 나는 워낙 엄마한테 의존했으니까 아빠는 나에 대해 잘 모른다. 내가 학교에서 괴롭힘을 당하는 것도, 보건실로 등교하는 것도, 또 엄마 유령을 보는 것도 당연히 모른다. 말할 생각도 없다. 점점 아빠와 거리가 멀어지는 것 같았다.

아빠는 내 옆에 앉아 맥주 캔을 푸슈숫 뜯었다. 그런 후 꿀꺽꿀꺽 소리를 내며 마셨다. 아빠는 오늘도 회사에서 일을 완수하고 지칠 대로 지쳐서 맥주를 마신다. 그렇게 하루를 보낸 끝에 마시는 맥주는 굉장히 맛있겠지.

"벌써 두 달이군. 빠른 것 같은데 또 느린 것 같아."

아빠가 그렇게 말하며 일어나더니 빨래 건조대 봉에 몸을 기댔다. 엄마는 아빠 옆에 서서 아빠 어깨에 머리를 기댔다. 아까 내가 그런 것처럼. 엄마가 그렇게 하는 걸 아빠는 모른다. 그게 조금 웃겼다.

아빠가 턱을 치켜들고 하늘을 봤다.

"엄마랑 자주 갔었어, 플라네타륨."

흐응, 그랬구나. 나는 속으로 대꾸했다. 엄마는 지금 아빠 팔에 팔짱을 꼈다. 딸 앞에서 뭐야, 자랑하는 거야?

"하지만 도쿄 하늘은 별이 거의 안 보이네. 지금이라면 스피카가 보일 텐데."

아빠가 살던 시골은 나가사키와 사가현의 경계로, 나는 몇 번밖에 안 가봤지만 확실히 그곳의 밤하늘은 까만 부분이 더 적을 정도로 별이 흐드러졌다.

"스피카는 진주별이라고도 해."

아빠가 맥주를 꿀꺽꿀꺽 마시고 말했다.

"진주별?"

"그래. 전쟁 때는 뭐든지 일본어 이름을 지어야 하잖아. 적국의 말을 쓸 수 없었으니까."

응. 나는 고개를 끄덕였다. 그런 얘기를 분명 학교에서 들었던 적 있는 것 같다.

"그래서 스피카가 아니라 진주별이라고 불렀대."

아하, 하고 고개를 끄덕이며 데이트 중에 그런 이야기를 엄마에게도 했겠다고 생각했다.

"엄마한테 말해줬더니."

역시.

"유밍이라는 가수 노래 중에 〈진주 귀고리〉라는 게 있다더라. 엄마가 진주 귀고리를 사달라고 졸랐어. 진주별 얘기가 그렇게 비싸질 줄은 몰랐지."

옆에서 엄마가 생글생글 웃었다.

"쥐꼬리만 한 봉급을 모아서 사줬어. 그런데 엄마는 바로 한쪽을 잃어버렸다지 뭐야."

엄마라면 그럴 법하다. 엄마는 물건 잃어버리기의 천재이기도 했으니까.

아빠와 아빠 어깨에 머리를 기댄 엄마를 나는 아련하게 바라보았다. 부모님의 러브러브한 모습을 보는 건 기분이 별로지만 엄마가 자기 곁에 있는 걸 모르는 아빠가 어쩐지 딱했다.

아빠, 엄마는 곁에 있어.

나는 마음속으로 말했다. 진주 귀고리 한쪽이 집 안 어디에 있을지 멍하니 생각하며.

종례만 참석하는 일주일을 지내보고 나는 나오 오빠가 도와주지 않아도 교실에서 교문 밖까지 혼자 걸어서 나올 수 있었다. 긴장했지만 나오 오빠에게 계속 기댈 수도 없다. 솔직히 교실에서 교문까지 여정이 아득히 멀게 느껴졌다. 같은 반 애들의 시선은 여전히 내게 그리 다정하지 않았고, 걷다 보면 누군가 목소리를 낮춰 "불여우"라고 중얼거리는 소리도 들렸다. 나는 그렇게까지 괴롭히기 좋은 존재일까. 문득 의문이 들었다. 친한 친구가 없으니까 학교에서는 아무와도 접촉하지 않는다. 다른 사람한테 심술을 부리지도 않는다. 그냥 전학생이고, 나오 오빠와 아주 조금 거리가 가까울 뿐이다. 애들이 빨리 질려주면 좋겠다는 게 본심이었다. 그러나 나를 괴롭히는 데 질린 다음에 그 창끝이 다른 누군가를 향할지도 모른다고 생각하면 아찔하다. 그렇다고 앞으로 몇 년이나 이런 학교생활이 이어지면 내가 버틸 수 있을지 자신 없었다.

그런 것들을 괴롭게 고민하면서도 나는 학교로 향했

다(정확히는 보건실이지만).

종례가 끝나 집에 갈 준비를 하는데, 다키자와와 그
무리가 나를 불렀다.

"얘, 사쿠라. 잠깐 옥상에 가지 않을래?"

불길한 예감만 들었다. 그러나 갑자기 다키자와의
무리 중 두 사람이 내 양팔을 붙들었다. 손가락에 힘이
들어가서 아팠다. 다키자와가 교실 밖을 두리번두리번
살폈다.

"좋아"라는 다키자와의 말에 나는 마치 연행되는 것
처럼 교실 밖으로 끌려갔다. 복도 끝에 나오 오빠의 등
이 보였으나 오빠는 곧장 코너를 휙 돌았다. 얼빠졌다
니까, 진짜, 타이밍 나쁘다. 나오 오빠! 소리를 질렀으
면 좋았겠지만 그런 짓을 하면 괴롭힘이 더 심해진다.

나는 양팔을 붙잡힌 채 복도를 걸어 옥상으로 가는
계단을 올라갔다. 둘러봤지만 옥상에는 우리 이외에 아
무도 없었다. 옥상 입구에서 보이지 않는 각도인 급수
탑 그늘로 끌려갔다. 내 양팔을 붙잡았던 손이 떨어졌
다. 너무 세게 붙잡은 탓에 팔을 보니 손가락 자국이
뚜렷하게 남았다.

"좋았어."

다키자와가 말했다. 꼭 사령관 같다.

"거기 앉아."

다키자와가 말하자 모두 원을 그리고 앉았다. 나도 억지로 팔이 당겨져 앉았다. 다키자와가 치마 주머니에서 종이 한 장을 꺼내 펼쳤다. 그걸 본 순간, 앗 하고 반응했다. 도리이, 숫자, 아이우에오 문자. 이거.

"지금부터 사쿠라 너한테 붙은 영혼을 제거할 생각이야."

다키자와가 마치 선언하는 듯이 말했다. 응? 무슨 소리야? 제령이라도 하겠다고? 그런 생각을 하는데, 옆에 앉은 애가 내 오른손의 검지를 꽈악 잡았다.

"여기 손가락을 놔."

종이 위에 10엔 동전이 놓였다. 그 위에 내 손가락이 올라갔다.

"절대로 손가락을 떼면 안 돼. 도중에 손가락을 떼면 저주받아."

무슨 헛소리야. 얼마 전에는 나보고 이미 저주받았다며. 그렇게 생각하면서도 나는 손가락을 10엔 동전 위에 가만히 올려놨다.

"요즘 우리 반에서 이상한 일이 자꾸 일어나. 너도

알지?"

몰라. 속으로 대답했다. 위에서 비스듬하게 내리쬐는 햇볕이 다키자와의 얼굴에 기묘한 그림자를 드리워서, 그 얼굴이 무서웠다.

"구마다는 체육 시간에 뼈가 부러졌고, 아마노는 미술 시간에 조각칼에 오른손을 다쳤어. 세 바늘이나 꿰맸대. 그리고 우리 아빠, 자전거를 타다가 넘어져서 다리를 삐었어. 그리고…… 사쿠라, 너희 어머니도."

"그건 상관없어."

반사적으로 목소리가 나왔다. 10엔 동전에서 손가락이 떨어지려 했다. 그 손가락을 옆에 앉은 애가 또 강한 힘으로 붙잡아 10엔 동전에 꾸우욱 눌렀다.

"나는 사쿠라한테 뭔가 나쁜 게 들러붙어서 그런 거 아닐까 생각해."

다키자와의 말에 다른 두 사람이 고개를 끄덕였다. 얘들 좀 위험하다. 도망쳐야 한다고 생각했지만, 옆에 앉은 애가 대체 뭘 먹고 힘이 이렇게 센가 싶을 만큼 왼팔로 내 몸을 단단히 붙잡고 놓아주지 않았다. 세 사람이 엄숙하게 의식을 시작했다.

"고쿠리상, 고쿠리상, 오셨다면 대답해주세요."

다키자와가 익숙하게 주문 같은 말을 중얼거렸다. 이글이글 강렬한 해가 옥상에 쪼그려 앉은 우리를 비췄다. 이마에 땀이 맺혔다. 옆에 앉은 애의 팔에 땀방울이 송골송골하다. 한참을 그대로 있었지만 아무 일도 생기지 않았다. 그야 그렇겠지. 무슨 일이 생길 리 있어. 그만 좀 했으면 좋겠다. 빨리 집에 가고 싶다. 그렇게 생각했을 때였다. 도리이 위치에 놓였던 10엔 동전이 쓰윽 움직이는 감촉이 손가락에 느껴졌다.

"오셨다면 네, 라고 대답해주세요."

10엔 동전이 쓰윽쓰윽 종이 위를 미끄러져 '네'라고 적힌 문자 주변을 돌기 시작했다. 이런 건 속임수다. 누군가, 예를 들어 다키자와가 손가락을 움직이는 게 뻔하다고 생각했다. 그러나 10엔 동전의 움직임이 더 빠른 건 보면 알 수 있었다. 그 움직임을 모두의 손가락이 쫓아간다. 등줄기에 식은땀이 흐르기 시작했다.

데굴, 데굴. '네' 주변을 돈 후, 10엔 동전이 도리이 그림 위에 멈췄다. 거기가 정위치라는 걸까. 꼭 로봇 청소기 룸바 같다.

다키자와는 다른 두 사람에게 눈으로 신호를 보냈다. 안광이 예리했다. 다키자와가 훨씬 더 여우 같잖아.

다키자와가 입을 열었다.

"사쿠라에게 영혼이 씌어 있나요?"

너무 끔찍하다고 생각하며 나는 이 멍청한 의식이 빨리 끝나면 좋겠다고 바랐다. 그러나 10엔 동전은 쓱쓱 움직였다. 다시 10엔 동전이 '네'라고 적힌 문자 주변을 빙글빙글 돌았다. 그러니까 뭐가 씌었다면 그건 우리 엄마라니까, 나는 속으로 외쳤다.

"그건 여우 유령인가요?"

10엔 동전은 잠시 도리이 앞을 빙글빙글 돌았다. 대답하기 곤란하다는 느낌이다. 왠지 그 모습이 귀엽다고 생각할 정도로 나는 냉정했다. 10엔 동전을 움직이는 힘이 뭔지 나는 모른다. 그러나 나는 그런 세계가 있다는 걸 안다. 그야 나는 엄마 유령이랑 같이 살고 있으니까. 그때, 10엔 동전이 의지를 지닌 양 힘차게 움직였다. 지금까지와 다르게 힘이 셌다.

슥슥, 10엔 동전은 오십음도 위를 미끄러지며 움직였다.

노, 로, 우ᶜ. 다키자와가 내 얼굴을 봤다.

ᶜ 저주한다.

"네가 움직였지!"

"내가 왜 움직여!"

나도 모르게 외쳤다.

노, 로, 우. 노, 로, 우. 10엔 동전이 그 세 글자를 빙글빙글 이동했다. 모두 안색이 새파랗다.

"손가락을 떼면 안 돼. 떼면 정말로 저주받아."

다키자와가 비명처럼 말했다. 다른 두 사람이 고개를 끄덕였다. 10엔 동전이 또 다른 문자를 가리키기 시작했다. 이, 지, 메, 타, 라, 노, 로, 우ᶜ. 다키자와가 고개를 들었다. 내 뒤에 있는 뭔가를 바라본다. 그 얼굴이 차츰차츰 공포에 물들었다. 옆에 앉은 애가 외쳤다.

"손가락이 안 떨어져. 안 떨어져!"

이, 지, 메, 타, 라, 노, 로, 우. 이, 지, 메, 타, 라, 노, 로, 우. 10엔 동전은 여덟 개의 문자를 엄청난 속도로 오가기 시작했다. 다키자와가 왼손으로 내 뒤를 가리켰다. 뭘 보는 건지 돌아보려 했으나 이상하게 내 목이 움직이지 않았다. 다른 두 사람도 내 뒤에 있는 뭔가를 보고 있는데. 누군가 으아아악 비명을 지른 순간,

---

ᶜ 괴롭히면 저주한다.

물소리가 났다. 쪼그리고 앉은 다키자와 아래에 점차 물웅덩이가 생겼다. 그래도 10엔 동전은 계속 움직였다.

유, 루, 사, 나, 이. 코, 노, 코, 오, 이, 지, 메, 타, 라, 유, 루, 사, 나, 이[.

아아악, 누군가 비명을 질렀고 다키자와와 무리가 옥상 입구로 달려갔다. 다키자와의 치마 뒤에 커다란 얼룩이 생겼다. 고쿠리상을 하다가 너무 무서워서 지려 다니, 괴롭히기 딱 좋은 소재다. 그러나 나는 아무에게도 말할 생각이 없었다. 바람이 세차게 불어 도리이가 적힌 종이를 날려 보냈다. 종이는 쑥쑥 하늘로 휩쓸려 올라가 이윽고 사라졌다. 옥상에는 10엔 동전 하나만 남아 있었다. 일어나서 그걸 주우려던 나는 발치의 빨간 점들에 시선이 갔다. 나는 거기에 손가락을 댔다. 피처럼 보이기도 했고, 단순히 빨간 물감 같기도 했다. 그래도 그때 생각했다. 엄마가 집 밖으로 나와줬나 보다. 핼러윈 때도 매년 적극적으로 임하는 엄마다. 어지간히도 무시무시한 얼굴로 나온 게 분명하다. 집 밖으로는 나오지 못할 텐데. 그러다가 문득 생각했다. 나오

ㄷ 용서 못 해. 이 애를 괴롭히면 용서 못 해.

지 못하는 집 밖에 나온 엄마 유령, 설마 다시는 못 보는 거 아닐까. 그리고 실제도 그랬다.

그날 이후, 다키자와는 열이 나서 학교를 쉬었다. 당연히 그날의 소문이 쫙 퍼졌다. 사쿠라를 괴롭히면 저주받는다고. 효과가 톡톡히 있었다. 실내화에 더 이상 붙여우나 음란녀 같은 말이 적히지 않았다(분명 다키자와가 썼던 거겠지).

고쿠리상은 학교에서 금지되었다.

괴롭힘은 그쳤어도 다들 겁에 질려 멀리서 나를 지켜보는 걸 알 수 있었다. 그래도 나오 오빠 대신에 미토라는 남자애가 매일 보건실에 프린트를 가져다주기 시작했다. 나는 기억 못 하는데 미토와 나는 같은 어린이집에 다녔다고 했다.

"같이 흙으로 반짝반짝 빛나는 경단을 만들었잖아."

그 말을 듣고 생각났다. 당시 흙 경단 빚는 놀이가 유행했는데, 어린이집 애들 모두 경단을 최대한 단단하고 반짝반짝 빛나게 하는 방법을 알아내려고 열중했다. 그걸 알고 엄마도 집 마당에서 흙 경단을 만들었다. 몇 개나 흙 경단을 빚고, "마른 수건으로 닦으면 좋대"라

162

는 정보를 입수해 온 것도 엄마였다. 뭐든 푹 빠졌다가 금방 질리는 사람이 우리 엄마였다.

"어? 어? 왜 흙 경단에 울어? 아아, 왜 그래?"

당황한 미토에게 "으응, 아무것도 아니야, 정말 아무것도 아니야"라고 간신히 말했다.

예상했던 대로 엄마 유령은 그날 이후로 내 앞에 나타나지 않았다. 잘 모르겠지만 유령 세계에도 규칙이 있어서 그날 엄마가 한 것 같은 일을 저지르면 이 세계에 다시 오지 못하는 걸까, 이리저리 생각을 굴렸다. 그러나 답을 찾을 수는 없었다.

유령이라도 좋으니까 엄마의 모습을 보고 싶었다. 내가 요리하는 모습을 걱정스럽게 지켜보던 엄마는 이제 없다. 보이지 않는다. 다키자와에게 계속 괴롭힘을 당해도 좋으니까 엄마 유령 곁에 있고 싶었다. 우엉조림에 넣을 당근을 썰 때, 더 가늘게 썰라고 몸짓으로 알려주는 엄마와 만나고 싶었다. 데친 시금치를 썰며 엄마가 보고 싶다고 속으로 중얼거리다가 울어버렸다.

"엄마 짐도 슬슬 정리할까?"

아빠가 그 말을 꺼낸 것은 장마가 끝나고 여름방학이 시작된 지 일주일쯤 지나, 다음 주에 아빠 고향의

묘지에 엄마 유골을 봉안하러 가려고 했을 무렵이었다.
아빠와 나는 엄마가 쓰던 옷장을 열었다. 엄마 냄새가
나서 나와 아빠의 손이 멈췄다. 아빠와 얼굴을 마주 보
았다.

"아직은, 하지 말자."

내 말에 아빠도 힘없이 고개를 끄덕였다.

"신발만이라도 볕에 좀 말릴까."

그러기로 하고 나와 아빠는 느릿느릿 엄마의 신발이
든 상자를 마당에 옮겼다. 문득 나오 오빠네 마당을 봤
는데, 현관 근처에 미와 선생님이 서 있었다. 미와 선생
님은 늘 보는 백의 차림이 아니었다. 하얀 양산을 들고
있었고, 퍼프소매의 귀여운 연분홍색 원피스가 잘 어울
렸다. 미와 선생님은 나를 알아차리지 못한 것 같았다.
잠시 후, 파란 폴로셔츠를 입은 나오 오빠가 급하게 집
밖으로 나왔다.

"미안, 미안. 깜박 늦잠을 자서."

"도무지 안 오니까 바람맞은 줄 알고 너희 집에 쳐들
어왔어."

나오 오빠의 말에 미와 선생님이 입을 삐죽였다.

흐응. 그렇게 되셨군. 둘은 나란히 내게 등을 보이고

걸어갔다. 나의 강렬한 시선을 느꼈는지 나오 오빠가 갑자기 돌아봐서 깜짝 놀랐다. 훠이, 훠이. 나를 내쫓는 것처럼 손을 움직인다. 담임이면서 학생한테 뭐 하는 짓인가 싶었지만, 그런 무신경한 점이 그야말로 나오 오빠다웠다. 그래도 두 사람의 뒷모습을 보며 잘 어울린다고 생각했다.

엄마의 신발을 양달에 놓는 아빠에게 물었다.

"아빠, 언젠가 재혼할 거야?"

"그럴 리 있니."

즉답이다. 왠지 모르게 그 대답이 무척 기뻐서 나는 말했다.

"오늘 저녁에 크로켓 만들까?"

"오, 좋은데? 갓 튀긴 크로켓에 맥주, 최고야."

크로켓은 아빠가 제일 좋아하는 음식이다. 아빠의 목소리도 신났다.

삶은 감자를 으깨고, 볶은 고기와 양파를 섞었다. 타원형으로 뭉쳐서 밀가루, 달걀 물, 빵가루를 묻혀 튀겼다. 부엌에는 에어컨이 없어서 땀이 뚝뚝 흘렀다. 주부란 너무 고생스럽다고 절실하게 생각했다. 엄마, 잘도 해냈네. 매일매일 365일.

다른 반찬이 필요하려나 생각했지만, 양배추를 썰고 (엄마가 있었으면 좀 더 얇게 썰라고 했을 굵기), 시금치와 유부를 넣은 된장국을 만들었더니 힘이 빠졌다. 도중에 짜증이 나서 "오늘은 아빠가 설거지해!"라고 외쳤다.

"물론 아빠가 해야지."

아빠는 아주 기분이 좋다.

아빠와 마주 앉아 저녁을 먹었다. 갓 튀긴 크로켓이니 맛없을 리 없지만, 그래도 오늘 크로켓은 썩 잘 만들었다. 나는 접시에서 두 개째의 크로켓을 집어 들었다. 우스터소스를 뿌려 반으로 갈랐다. 그때 반짝이는 게 보였다. 뭐지? 뭐가 들어갔나? 젓가락으로 그걸 집었다. 으깬 감자가 덕지덕지 붙어서 뭔지 잘 모르겠다.

"아빠, 이거……."

나는 감자 범벅인 그걸 휴지로 감싸 아빠에게 건넸다. 아빠가 그걸 휴지로 닦았다. 그때 아빠의 눈에서 눈물이 왈칵 흘러서 깜짝 놀랐다. 아빠가 손바닥을 내밀었다. 나는 그걸 집어 들고 살폈다. 진주 귀고리 한 쪽이었다.

"오늘 신발을 정리하다가, 어디서 섞여 들어갔나."

아빠는 현실과 지금 벌어진 이 믿기 어려운 일을 연

결하려고 굳이 말했다.

나는 말했다.

"아빠, 아니야. 이건 엄마가 넣은 거야."

"그게 말이 되니."

"그렇지만 크로켓 안에 넣는 거, 딱 엄마가 할 것 같잖아."

"……."

아빠가 입을 다물었다.

"……그러게."

그러면서 희미하게 웃었다. 그래, 이런 깜찍한 일을 벌이는 사람이 우리 엄마였다. 사람을 놀래는 걸 굉장히 좋아했다. 그런 엄마를 정말 좋아했다.

그날 밤, 아빠와 나란히 빨래 건조대 아래에 앉아 밤하늘을 바라보았다. 별은 역시 보이지 않았다. 그래도 아득히 먼 곳에 희미하게 반짝이는 별 비슷한 게 보였다. 아빠도 보였나 보다.

"저거 스피카인가?"

"그럴 리가."

아빠는 그렇게 말했지만, 나는 크로켓에서 나온 진주 귀고리를 들어 올려 별처럼 보이는 것과 나란히 겹쳤다. 그 순간, 별이 휘익 흘러갔다.

"혜성이다."

내가 반응하자 "승진하게 해주세요, 승진하게 해주세요, 승진하게 해주세요" 하고 아빠가 재빨리 세 번 복창했다.

"미치루, 뭐 소원 없니?"

아빠가 물어봤지만 잠자코 있었다. 이미 소원을 빌었다. 한 번 더 엄마와 만나게 해주세요. 마음속으로 세 번 복창했다. 하지만 아마 이루어지지 않겠지. 빨리 어른이 되고 싶다고 간절히 바랐다. 어른이 되면 바로 귀를 뚫어야지. 이 진주 귀고리를 달 거다.

"〈진주 귀고리〉라는 노래, 되게 불온한 노래야. 유튜브에서 검색하지 마라."

아빠가 맥주를 꿀꺽 마셨다. 내가 태어나기 전, 내가 모르는 아빠와 엄마의 시간이 있다는 게 신기했다.

"엄마를 좋아했어?"

아빠는 말이 없었다.

"있잖아, 엄마를 좋아했어?"

그때, 반딧불처럼 빛을 내는 작은 벌레가 아빠 목에 앉았다.

"아얏!"

아빠가 목덜미에 손을 댔다.

"좋아했다고 말 안 하니까 엄마가 둔갑해서 나타났나 보다."

내가 집요하게 조르자 아빠가 대답했다.

"엄마를 진심으로 좋아했어. 지금도 좋아합니다. 당신이 떠나서 나는 슬픕니다. 정말 슬퍼요."

작문을 읽는 초등학생처럼 아빠가 말했다. 그리고 아빠와 나는 아주 조금 울었다. 엄마가 없는 생활에 조금씩 익숙해지리라는 예감이 들어서 그게 슬펐다. 아빠가 쓱쓱 내 머리를 쓰다듬었다. 아빠 손은 따뜻했다. 작은 벌레가 만족했는지 아빠의 목덜미에서 떨어졌고, 어느새 밤하늘에 스며들어 보이지 않았다.

습기의 바다

또 같은 꿈을 꿨다.

죽음의 세계에 기리코와 기호를 데리러 가는 꿈이다. 그들이 죽은 건 아니다. 다만 미국 애리조나주라는 쉽게 갈 수 없을 만큼 먼 곳에 사니까 내 안에서 두 사람이 죽음의 세계에 있다고 여기는지도 모르겠다.

오르페우스 신화는 어린 시절 아버지가 사준 《별의 신화》라는 책을 읽고 알았다. 오르페우스는 리라 연주가다. 독뱀에 물려 죽은 아내를 찾아 리라 하나를 들고 저승 세계의 궁전으로 간다. 빛 한 줄기 내리쬐지 않는 새까만 어둠 속에서 의지할 것은 리라뿐이다. 그가 리라를 연주하면 리라가 반짝이며 길을 알려준다. 간신히 아내 곁에 도착한 오르페우스는 저승의 왕에게 부탁해 아내를 되찾지만, 지상에 돌아가기 전까지 절대 뒤돌아 보면 안 된다는 말을 듣는다. 그런데도 그는 아내의 발소리가 들리지 않자 뒤를 돌아본다. 결국 아내와 영원히 만나지 못하게 된다. 오르페우스는 멍청하다. 나라면 절대 돌아보지 않을 거다.

그 신화에 궁전 앞을 지키는 새까만 경비견이 나온다. 꿈속의 나는 살점이 넉넉하게 붙은 소뼈를 들고 있다. 오르페우스는 리라를 연주해 경비견을 진정시켰지만 나는 연주할 줄 아는 악기가 없으니까. 경비견을 소뼈로 어렵지 않게 길들인다. 간신히 도착한 궁전 앞에서 나는 기리코와 기호의 이름을 부른다.

"두 사람을 돌려주마. 단, 절대 뒤돌아보면 안 된다."

누군가의 목소리가 들린다. 신화와 똑같다. 나는 그 말을 믿고 발걸음을 돌려 걷는다. 이유는 모르나 내가 걷는 길은 회사에 갈 때 지나다니는 지하도다. 지상으로 이어지는 곳도 내가 늘 올라가는 낡은 계단. 지상에 다가갈수록 한여름 햇빛이 내 눈을 찌른다. 팔뚝에 따끔따끔 태양의 뜨거움을 느낀다.

이제 곧이다. 계단을 다 올라간 나는 뒤를 돌아본다.

"돌아왔구나."

꿈속에서 벌써 몇 번이나 이 말을 했을까. 마지막으로 만났던 그날 그 복장으로 두 사람이 서 있다. 그러나 햇빛을 받은 두 사람의 몸이 조금씩 투명해지더니 육체는 입자가 되어 흩어진다.

"잠깐만! 사라지면 안 돼!"

내 목소리에 잠에서 깼다. 침대 위에서 일어났다. 입속이 끈적거리고 옆구리는 식은땀에 흠뻑 젖었다. 울지는 않았다. 기리코과 함께 누웠던 더블베드 위에 나는 혼자 있다. 시선이 닿는 곳, 서랍장 위를 장식한 그림을 봤다. 아마추어 천문학자이기도 했던 에티엔 레오폴드 트루벨로라는 화가가 그린 〈습기의 바다〉라는 그림이다. 기리코가 나와 동거하기 전부터 가지고 있던 그림. 물론 진짜는 아니고 포스터를 액자에 넣은 것이다. 기리코는 어째서인지 그걸 남기고 갔다. 이제 이 그림에는 흥미가 없는 걸까. 그렇다면 이 그림이 꼭 나 같아서, 나 역시 여전히 처분하지 못했다.

꿈과 현실의 경계선에 선 나는 멍하니 그림을 바라본다. 기복 있는 달 표면을 그린 그림인데, 햇빛을 반사해 걸쭉한 호수 수면처럼 보이기도 하고 따뜻한 진

흙 바다처럼 보이기도 하고, 또 기리코와 기호가 사는 애리조나주의 사막처럼 보이기도 한다.

머리맡의 디지털시계는 오전 6시 반을 알렸다. 출근까지 아직 시간이 남았지만 찬물로 샤워하려고 욕실에 갔다. 기리코가 기호를 데리고 연인과 애리조나에서 살겠다고 말을 꺼낸 후 2년, 기리코와 기호가 이 집을 떠나고 1년이 지났다. 기리코가 바람을 피워 시작된 이혼 조정은 다시 떠올리기도 싫다. 잘못한 건 기리코다. 그러나 혼자 기호를 키울 용기도 없고, 또 일란성 쌍둥이 같은 두 모녀를 갈라놓기도 싫었다.

"다녀오겠습니다."

아무것도 모르는 세 살 먹은 기호가 어설픈 발음으로 나에게 인사했고, 그게 이 집에서 들은 기호의 마지막 말이었다. 기리코는 아무 말도 없었다.

욕조 위에는 기호가 가지고 놀던 병아리 장난감이 있다. 기리코는 자기와 기호의 짐 대부분을 애리조나에 가기 전에 처분했는데, 그래도 이 집 여기저기에 그들이 살았던 잔해가 남았다. 나는 그걸 정리하지 못했다. 그들이 여전히 이 집에 사는 것처럼 생활하고 싶었다.

병아리 장난감 옆에는 기호가 좋아했던 목욕제 용

기. 목욕하기 싫어하는 기호를 위해서 기리코가 어느 잡화점에서 사 왔다. 거품 잔뜩 묻은 기호의 가느다란 몸. 기뻐하는 기호의 목소리. 그걸 떠올리며 나는 한바탕 울고, 전혀 울지 않은 것처럼 샤워기로 눈물을 흘려보냈다.

아침마다 먹는 시리얼과 커피로 식사를 하고, 다 먹은 식기를 싱크대에 놓은 후 이를 닦았다. 출근 전에 듣는 라디오가 날씨를 알려줬다. 장마철이지만 오늘은 맑은 하늘을 볼 수 있겠습니다. 예상 최고 기온은 32도, 저녁에는 호우 가능성도 있습니다. 오늘 영업하러 들를 곳은 네 군데. 회사에 돌아갈 때쯤에는 땀에 흠뻑 젖겠다고 생각하며 접이식 우산을 가방에 넣었다.

오늘 애리조나의 날씨는 어떨지 궁금하지만 스마트폰으로 따로 조사하지 않고, 나는 양복 상의와 가방을 손에 들고 현관문을 닫았다. 후덥지근한 바깥 복도에서 문을 잠그는데 "사와타리 씨! 좋은 아침이야"라며, 같은 층에 사는 은발 노부인인 사나이 씨가 말을 걸었다. 실내복처럼 보이는 원피스를 입고 아래층 우편함에 다녀왔는지 옆구리에 신문을 끼고 있었다. 오늘도 덥겠어, 영업하러 다니기 힘들지? 열사병 걸리지 않게 자주 수분 보충을 해줘요. 따발총 같은 말이 사나이 씨 입에서 튀어나왔다.

"네, 그러네요. 고맙습니다."

사나이 씨에게 애매모호하게 대답하며 역시 이 사람은 별로라고 생각했다. 기리코와 기호가 집을 나가 이사하게 된 자초지종을 문 뒤에 숨어 지켜본 사람이 사나이 씨였다. 내가 집에 혼자 있으면 초인종을 누르고 혹시 괜찮다면 먹어요, 먹을 수 있을 때 먹어둬야지, 라며 밀폐 용기에 꽉꽉 채운 뭔가를 가져다주는 사람도 사나이 씨였다. 나는 묵묵히 그걸 받아 내용물을 보지도 않고 쓰레기통에 버리고, 잘 헹군 용기를 답례품인 구운 과자와 함께 돌려주었다. 쓸모없는 오지랖이다. 사나이 씨가 보내는 연민 어린 시선. 거기에 섞인 호기심의 눈초리를 견딜 수 없었다. 그냥 날 좀 내버려둬. 그게 내 본심이었다.

운 좋게 엘리베이터가 바로 왔다. 여전히 나를 응시하는 사나이 씨에게 살짝 고개를 숙이고 엘리베이터를 탔다. 4층에서 멈추고 모녀가 탔다. 지금부터 유치원에 가는 걸까. 여름 원아복, 하얀 반소매 셔츠에 남색 주름치마, 밀짚모자를 쓴 여자애와 어머니로 보이는 여성이 탔다. 어머니가 내게 가볍게 인사하고 내 앞에 섰다. 여자애는 내가 궁금한지 어머니 손을 꼭 잡고서 때때로 고개를 돌려 내 얼굴을 올려다보았다. 웃어주려고 했으나 내 얼굴은 딱딱하게 굳었다. 그때 기호도 이 정도 나이였다. 기호. 나는 마음속으로 불렀다. 기리코와 애리조나로 떠나버린 딸을. 그쪽 세계는 어떠니. 새로운 대디와 사는 건 어떠니. 나는 아무도 대답하지 않는 질문을 반복한다.

"오늘 잊지 않으셨죠?"

외근을 마치고 땀범벅이 되어 자리로 돌아오자, 영업부 후배인 소노베가 와서 내게 몸을 가까이 붙이고 은밀한 목소리로 속삭였다.

"뭐였지?"

"아 진짜. 제 대학 후배들이랑 한잔하자고 어제도 말했잖아요."

소노베의 몸이 더욱 가까워지고 목소리는 한층 더 작아졌다. 그런 말을 들은 것도 같은데 기억이 정확하지 않다.

"오후 7시 반부터예요! 옷·차·림·단·정·히!"

그러더니 소노베는 내게 땀 전용 물티슈를 건네고 어깨를 들썩이며 자기 자리로 돌아갔다. 사와타리 선배, 이제 괜찮잖아요? 다음 연애를 해도요. 언제던가 소노베와 둘이 술을 마실 때 들은 말이 귓전을 스쳤다. 뭐가 이제 괜찮다는 거지. 나는 도무지 이해하지 못했고, 다음 연애나 다른 누군가와 산다는 생각을 잠깐이라도 해본 적 없었다. 언젠지는 모르나 소노베의 말에 대충 고개를 끄덕이고 오늘 술자리에 관해서도 대충 승낙했겠지.

남은 업무를 해치우며 나는 희미하게 울적한 기분에 잠식되었다. 그래도 소노베의 체면을 위해서 지금 내게는 어울리지 않는 그 자리에 가기로 했다.

회사에서 지하철을 타고 20분. 소노베와 함께 회사에서 나와 요쓰야에 있는 가게로 향했다.

"선배, 아무리 내키지 않아도 그렇게 벌레 씹은 얼굴은 좀 하지 마세요."

가방을 선반에 올리고 두 손으로 손잡이를 잡은 소노베가 어두운 유리창에 비친 내 얼굴을 보며 말했다.

"선배도 가끔은 숨도 돌리고 그래야죠."

"……소노베, 항상 고마워."

"남처럼 왜 이러실까."

"그런데 너, 연인이 있는데 괜찮겠어?"

"그건 그거고 이건 이겁니다."

소노베는 천연덕스러운 목소리로 대답했다.

소노베의 연인은 나도 몇 번 만난 적 있다. 결혼을 전제로 사귄다고 들었다. 그런 사람이 있는데 아무리 나를 위해서라는 대의명분이 있다지만 여성과 술자리를 갖는 소노베를 100퍼센트 이해하지 못하겠다. 그래도 내게는 없는 인간다운 가벼움이나 개방적인 면을 지닌 후배가 싫지 않았다.

소노베와 간 곳은 요쓰야의 이탈리안 레스토랑이었다. 나와 소노베가 지하로 내려가자, 등을 반듯하게 편 두 여성이 우리를 보고 가볍게 인사했다. 테이블에 앉은 뒤, 소노베가 나에게 두 여성을 소개했다.

"사와타리입니다. 서른일곱 살이고 이혼 경력이 있습니다."

"아이고, 선배, 자기소개가 그게 뭡니까?"

소노베의 너스레에 두 여성이 싱긋 웃었다.

무심하게 레스토랑을 둘러보았다. 우리와 비슷한 남녀 혼성 그룹이 있었다. 나보다 젊은 사람이 타깃인 레스토랑일 텐데 왠지 모르게 친숙하게 느껴졌다. 기리코와 결혼 전에 자주 다니던 가게와 비슷하다. 가격이 그렇게 비싸지 않아 긴장하지 않아도 되고 배부르게 먹을 수 있는 가게.

큰 접시에 나온 요리를 여성들에게 덜어주는데, "사와타리 씨, 대단하시다. 되게 능숙하세요"라며 내 앞에 앉은 짧은 머리 여성 미야타 씨가 말했다. 프렌치 소매 아래로 늘씬한 팔이 뻗어 있고 손목에 가느다란 금팔찌가 반질반질 빛났다.

"요리는 남자가 덜어줘야 하는 법이야."

내게 이 말을 처음 한 사람은 기리코였다. 더는 용도인 스푼과 포크는 한 손으로 드는 거라고 알려준 사람도 기리코였다. 나보다 두 살 위인 기리코는 처음에는 꼭 누나 같았다.

대학 시절부터 오래 이어온 연애가 끝나 이제 연애는 지긋지긋하다고 생각했을 때 기리코와 갑작스레 만났다. 회사 온라인 상담(商談)에 통역가로 온 기리코와 시선이 마주쳤고 몇 번인가 대면하다가 두 마디, 세 마디쯤 대화를 나누기 시작했다. 길고 긴 상담을 마치고 "오늘 식사라도 하지 않을래요?"라고 말을 건 쪽은 기리코였다. 나는 서른, 기리코는 서른두 살이었다. 그 후로 속도는 빨랐다. 2년 사귀고 결혼해서 이듬해 기호가 태어났다. 나는 중견 의약품 회사의 영업 사원, 기리코는 프리랜서 통역가, 각자 자기 직업이 있고 일이 순조로웠으며 건강한 아이도 얻었다.

내가 지금까지도 살고 있는 오래된 아파트에서 나와 신축 아파트를 사자는 말이 나온 시기였다. 내 인생의 장기짝은 어디에도 정체되지 않고 순조롭게 나아가는 중이었다.

"좋아하는 사람이 생겼어. 당신이랑은 이제 같이 살지 못하겠어."

기리코가 이렇게 말한 그날까지는.

"선배! 선배!"

소노베의 목소리에 정신이 들었다.

"뭐예요, 정신을 빼고 계시네."

"아니, 오늘 너무 더웠으니까 머리가 좀 멍해서……."

내가 변명하자 "열사병이라도 걸리면 큰일이에요"라며 미야타 씨가 곁에 둔 핸드백에 손을 넣었다.

"이걸 목덜미에 붙이면 시원할 거예요."

그러면서 냉각 시트를 건넸다.

"고, 고맙습니다……."

얇은 필름을 벗겨 파란 젤이 발린 시트를 목덜미에 붙이며 나는 또 생각에 잠겼다. 기호가 이걸 자주 썼었다. 작은 이마에 자주 붙여줬다. 기호는 자주 열이 나곤 했다. 한밤중에 병원에 달려간 적도 있다. 애리조나 의료 사정은 어떤지 모르나 일본처럼 편하게 의사를 찾아갈 수 있을까. 인제 와서 늦었지만 그런 곳에 기호를 데리고 간 기리코를 이해할 수 없었다.

소노베가 뭐라고 농담해서 두 여성을 웃게 했다. 나도 웃는 얼굴을 꾸몄으나 마음은 딴 데 가 있었다. 내가 여기 있는 것 자체가 뭔가 잘못되었다.

그래도 모임은 이어졌고, 소노베가 알게 모르게 말해뒀는지 나는 같은 방향으로 가는 미야타 씨와 전철을 타게 되었다. 밤 10시가 지난 전철은 그럭저럭 붐벼서, 승객에 밀린 나와 미야타 씨는 마주 보고 섰다. 가방을 안은 내 왼손이 체구 작은 미야타 씨의 눈앞에 있었다. 미야타 씨는 왼손 약지를 가리키며 말했다.

"여기 아직 있네요."

시선을 내려 미야타 씨가 가리킨 곳을 새삼스레 살폈다. 그 말대로 아직 흐릿하게 자국이 있었다. 결혼반지를 빼도 반지의 흔적이 남는 것처럼 기리코와 기호가 내 앞에서 사라졌다는 사실은 내 마음속 진창에 깊은 자국을 남겼다.

미야타 씨에게 뭐라고 대답했는지 기억도 안 난다. 그 후로는 기억이 드문드문하다. 누가 먼저 말을 꺼냈는지도 애매모호하다. 우리는 신주쿠에서 내려 사람 없는 지하 바에 있었다. 평소에는 잘 마시지 않는 종류의 술을 마시고 나는 취했다. 미야타 씨는 술이 세서 시종일관 냉정했다. 나는 그녀가 베푸는 호의에 기대고 술기운을 아군 삼아 그녀의 어깨에 기댔던 것도 같다. 도수 높은 칵테일을 몇 잔이나 마신 뒤, 바에서 나와 지상으로 올라가는 계단에서 나도 모르게 미야타 씨의 팔을 끌어당겼다가 부드러운 거절을 들었다.

"반지 자국이 남아 있는 동안에는 이러지 않는 게 좋지 않을까요?"

뭘 안다는 듯이 하는 말에 화가 나서 나는 미야타 씨를 그 자리에 남겨두고 혼자 택시를 탔다. 뒤도 돌아보지 않았다. 최악의 인간, 최악의 남자, 이런 말이 내 안에서 메아리쳤다. 비틀거리는 다리로 간신히 집에 도착해 부엌 싱크대 앞에 선 채, 냉장고에서 꺼낸 생수병에 그냥 입을 대고 마셨다. 냉정한 미야타 씨의 말이 옳았다. 최악인 나는 다른 사람과 연애할 권리가 없다. 기리코를 대체할 수 있는 사람은 없다. 수없이 반복해 왔던 그 말을 나는 또 스스로 되뇌며 여전히 목덜미에 붙어 있는 냉각 시트를 천천히 뗐다.

토요일. 아침부터 옆집에서 큰 소리가 났다. 옆집에는 오랫동안 아무도 살지 않았다. 이사 왔나 보다 생각하며 나는 집을 대충 청소하고 세탁기를 돌렸다. 욕실에 빨래를 다 널었을 때쯤 관자놀이가 둔중하게 아프기 시작했다. 요즘 들어 비가 오기 전이면 두통이 생긴다. 이런 증상을 기상병이라고 한다는 소리를 뉴스에서 들었는데 병원에 갈 정도는 아니다. 두통약을 먹는 게 좋을지 고민하며 소파에 누워 뭐든 먹어서 위를 채워야 한다고 생각했으나 졸음이 이겼다. 나는 어느새 게으른 잠에 빠졌다.

현관 초인종이 울린 것은 오후 4시를 조금 넘은 때였다. 문구멍으로 내다보니 한 여성이 보였다. 이 집에 손님이 올 일은 거의 없다. 긴장하고 문 앞에 섰다.

"실례합니다. 옆집에 이사 온 사람이에요."

초인종 너머로 맑은 목소리가 들렸다. 나는 눈곱이 끼지는 않았는지 급하게 눈을 비비고 천천히 문을 열었다. 기리코보다 조금 연상으로 보이는 여성과 기호 또래로 보이는 여자애가 서 있었다. 여성은 긴 머리를 뒤로 느슨하게 묶고 편한 티셔츠와 청바지 차림이었다. 여자애는 어깨까지 오는 머리카락을 묶지 않고 늘어뜨렸고, 하늘색 깅엄체크 원피스를 입었다. 포동포동 살이 붙은 얼굴을 보자 예전에 미술 교과서에서 본 〈레이코조〉[◖]가 떠올랐다.

"아침부터 시끄러웠죠, 죄송합니다. 옆집에 이사 온 후나바라고 합니다. 싱글 맘이어서 어린 딸과 둘이 살아요. 앞으로 여러모로 폐를 끼치게 될지도 몰라서……."

그러면서 내게 작은 종이봉투를 내밀었다.

"아닙니다, 저야말로 마음 쓰시게 해서 죄송합니다. 이런 걸 다……. 사와타리라고 합니다."

후나바 씨의 시선이 아직까지도 현관에 놓인 아동용 자전거에 멎었다. 분홍색 스트라이더 자전거. 기호의

◖ 화가 기시다 류세이가 장녀 레이코를 그린 연작 그림으로, 70점 이상의 작품이 남아 있다. 그림 속 레이코는 까만 머리의 어린 소녀다.

두 살 생일 때 내가 사줬다.

"아, 어린 자녀분이 있으시군요?"

"아, 아니요, 이건……."

말문이 막혔지만 금방 들킬 거짓말은 하기 싫었다.

"……이혼했습니다."

"앗, 죄송해요. 처음 뵙는 분인데 염치도 없이 괜한 질문을……."

"아니요, 괜찮습니다. 생활하는 데 궁금한 게 있으시면 뭐든 물어보세요."

내가 대답하자 후나바 씨는 연신 죄송하다고 하며 돌아갔다. 문을 닫자마자 한숨을 한 번 살짝 내쉬었다. 거실로 돌아와 봉투를 열어보니 고양이가 프린트된 행주 두 장이 들어 있었다. 기호가 있었으면 좋아했겠다고 생각하며 나는 그걸 봉투째 싱크대 아래쪽에 있는 장에 넣었다.

싱글 맘. 어린 딸과 둘이 산다. 처음 만났는데 그렇게 밝힌 이유는 뭘까 생각하며 나는 다시 소파에 드러누웠다. 에어컨을 계속 켜놓고 문을 닫아뒀던 집 안이 답답해서 베란다 창문을 조금 열었다. 옆집도 창문을 열어뒀는지, 아마도 아까 그 여자애인 듯한 어린애 목소리가 바람을 타고 들렸다. 어린애 목소리를 이렇게 가까이서 듣는 건 오랜만이었다. 지끈거리는 머리에 괴로워하며 나는 잠이 들었다. 오후 8시가 지나 다시 깼고 냉장고에 있는 적당한 재료로 대충 채소볶음을 만들어 먹은 후, 다시 혼자만의 침대에 누워 잤다.

이혼한 후로 일요일은 시간이 너무 남아돌았다. 토요일은 일주일 치 빨래나 청소를 하고 장을 보면서 하루를 보낸다. 일요일에는 할 일이 없다. 기리코와 기호가 있을 적에는 슬쩍슬쩍 하던 요리도 어느새 손을 놓았다. 아침에는 시리얼을 먹고 점심에는 건면을 삶아 먹고, 저녁은 근처 패밀리 레스토랑이나 술집에서, 혹은 요리라고 할 수도 없는 요리를 대충 만들어서 식사를 때웠다.

날이 맑으면 조깅 겸 동네 공원에 가기도 하지만 오늘은 비가 왔다. 평일에 미처 다 하지 못한 일을 식탁에 앉아 잠깐 한 후, 캔 맥주를 따고 소파에 누웠다. 어제와 마찬가지로 관자놀이가 욱신거렸다. 견디지 못하고 두통약을 먹었다. 그러고는 깜박 잠이 든 모양이다. 기호의 꿈을 꿨다. 기리코는 나오지 않았다. 기호가 유창한 영어로 뭐라고 외쳤다. 기호, 한 번만 더 천천히 말해줄래? 나는 일본어로 말했지만 기호의 영어는 멈추지 않는다. 나는 절대로 못 할 L과 R 발음을 완벽하고 올바르게 대화에 섞는 기호. 기호와 대화를 통해 마음을 나누는 건 이제 불가능하다. 그렇게 생각하자 기호와 나를 연결하는 가느다란 선이 뚝 끊어진 것 같았다.

"기호!"

이름을 부른 순간 눈이 떠졌다.

열어둔 베란다 창문을 넘어 방으로 카레 냄새가 들어왔다. 시계를 봤다. 오후 6시를 넘었다. 기호보다 어린 그 여자애와 후나바 씨가 단둘이 식탁에 앉은 모습을 상상하자 가슴 어딘가가 삐걱거리는 것 같았다.

일요일 심야에는 애리조나에 사는 기호가 페이스 타임으로 연락을 주기로 약속했다. 새벽 2시. 애리조나는 오전 10시. 나는 잔에 따른 스카치를 마시며 그 시간을 기다렸다. 무더위를 견디다 못해 에어컨을 켜려고 창문을 닫은 순간, 어린애가 숨넘어갈 듯이 우는 소리가 들렸다. 후나바 씨의 집일까. 이런 밤에? 그러다가 어린애는 환경만 달라져도 격하게 우는 생물이란 게 생각났다. 애리조나에 막 도착했을 때 기호가 자꾸 울기만 한다는 소리를 기리코에게서 들은 적 있다. 그런 먼 곳까지 데려갔으니까 당연하지. 그렇게 생각했지만 굳이 말하지 않았다. 여전히 울음소리가 들렸다. 곁에서 후나바 씨가 달래는 모습이 눈에 선했다.

딱 새벽 2시에 착신음이 울렸다. 컴퓨터 화면 가득 기호의 웃는 얼굴이 떴다. 기리코는 언제나 화면에 등장하지 않는다. 컴퓨터 조작을 도와주는 건 기리코의 새로운 남편이다. 기호 뒤에서 털이 북슬북슬한 손이 때때로 불쑥 나온다. 나는 저 사람과 대화를 나눈 적 없다. 그럴 필요도 없으니까. 기호는 벌써 일본어가 어설퍼졌다. 대화 도중에 자꾸만 영어가 섞였다. 마미랑 대디랑 공원에 갈 거야. 거기에 커다랗고 까만 개가 맨날 와. 대디는 맨날 회사에 가? 대디, 오늘 뭐 먹었어? 작은 산수유 같은 입에서 총알처럼 쏟아지는 말에 나는 때때로 목이 메면서도 대답했다. 일본에 살 적에 기호는 나를 아빠라고 불렀다. 그런데 이제는 대디다. 대디가 둘 있는 것에 의문을 느끼는 것 같지 않다. 지금 자신이 처한 상황을 기호는 저 작은 머리로 어떻게 이해하고 있을까. 내 내면에는 애를 이런 상황에 몰아넣은 기리코를 향한 은은한 증오가 있었다. 그러나 그 감정을 퍼부을 기리코는 절대로 화면에 나오지 않는다.

이제 끝낼 시간이다. 기호의 새 대디가 영어로 그렇게 말하더니 갑자기 화면이 새까매졌다. 컴퓨터의 까만 화면에 내 얼굴만 비쳤다. 그 얼굴이 제법 나이 먹어 보였다. 이 얼굴을 보고 기호는 무슨 생각을 했을까? 나는 아무것도 물어보지 못했다. 갈라진 목소리로 작게 웃은 뒤, 나는 컴퓨터 전원을 껐다.

월요일부터 금요일까지 회사에 가서 늘 똑같은 일을 처리했다. 이 거래처, 사와타리가 아니면 안 되잖아, 라면서 상사가 어려운 영업처를 떠맡겨도 나는 반론조차 하지 않았다. 일에서 겪는 실패 따위 두렵지 않았다. 목숨이 위험해지는 것도 아니다. 기리코와 기호가 내 앞에서 갑자기 사라지는 정도의 사건이 업무상 일어날 리도 없다.

심야, 집으로 돌아오는 길, 어둠 속에 둥둥 뜬 등롱 같은 수국을 보고 계절이 변한 것에 놀랐다. 달평이다. 노란 장화를 신고 노란 우산을 쓴 기호가 수국 위를 기어가는 달팽이를 달평이라고 부르며 하염없이 바라보던 곳이다. 애리조나에는 달팽이가 있을까. 애리조나라는 단어를 생각하면 떠오르는 건 사막이 있는 도시, 이것뿐이다.

비 오는 토요일에는 평소처럼 빨래와 청소를 했고, 다음 날인 일요일은 화창하게 맑아서 공원에 갔다. 기호와 자주 가던, 애들이 많은 공원에는 가지 않는다. 토트백에 책과 피크닉 매트(이것도 기호를 위해 기리코가 산 것이다)를 넣고, 편의점에서 캔 맥주를 하나 샀다.

연못 근처 공원은 역에서도 주택가에서도 멀어서 애들은 적다. 아름드리나무 그늘에 피크닉 매트를 깔고 맥주를 마시며 책의 글자를 눈으로 따라갔다. 서점에서 대충 고른 미스터리 소설인데 내용이 머리에 들어오지 않았다. 독서를 포기한 나는 책을 배 위에 올리고 하늘을 보고 누웠다. 무성한 나뭇잎 사이로 내리쬐는 볕뉘가 나를 비쳤다. 눈이 부셔서 눈을 감았다. 그때 스마트폰이 진동했다. 기호인가, 생각하다가 그럴 리 없다고 다시 생각하며 스마트폰 화면을 확인했다. 문자 메시지가 와 있었다. 지난번 술자리에서 만났던 미야타 씨였다. 그 사람에게 전화번호를 알려준 기억도 없다.

'화창한 일요일인데 뭐 하세요?'라는 메시지.

나무 그늘에서 맥주를 마시며 책을 읽는다고 중간까지 썼다가 지웠다. 이런 문장 하나로 어떤 것이 시작될까 봐 두려웠다. 나는 문득 왼손 약지를 눈으로 살폈다. 거기에는 아직 흐릿하게 반지 자국이 있었다.

"반지 자국이 남아 있는 동안에는 이러지 않는 게 좋지 않을까요?"

그날 밤 미야타 씨가 했던 말을 기억한다. 마음이 바뀌었나. 아니면 단순히 할 일 없이 무료할 뿐일까. 나는 피크닉 매트 위에 난폭하게 스마트폰을 던졌다.

그때 비닐 공이 내 발에 닿았다. 공을 들고 다시 던져주려고 고개를 들었는데, 옆집에 이사 온 후나바 씨가 있었다. 그 너머에는 밀짚모자를 쓴 여자애. 아, 하고 서로 반응하며 고개를 숙였다.

"엄마!"

여자애가 외쳤다.

"알았어."

돌아보고 대답하며 후나바 씨가 그럼, 하고 내게 한 번 더 고개를 숙였다.

"저랑 잠깐 교대할까요?"

"네?"

"공놀이요. 여기서 잠깐 쉬세요."

후나바 씨에게 피크닉 매트에 앉으라고 권했다. 내

입에서 그런 말이 술술 잘도 나온 것은 후나바 씨의 얼굴이 너무 새빨갛게 달아올랐고 땀도 뻘뻘 흘렸기 때문이다. 그렇게 변명하며 여자애에게 부드럽게 공을 차줬다. 공을 차는 게 나여도 여자애는 상관없나 보다. 여자애와 나 사이를 공이 수없이 오갔다. 한 번 더. 한 번 더. 땀이 이마를 타고 흐르는데도 여자애의 요구는 끝날 줄 몰랐다. 나도 요구에 응했다. 여자애의 얼굴도 새빨갛다.

"사호, 조금 쉬어야 해. 열사병에 걸려."

후나바 씨의 말에 공놀이가 중단되었다. 나는 숨을 고르며, 기호와 사호의 이름이 비슷한 발음이라고 생각했다. 사호가 피크닉 매트에 앉은 후나바 씨에게 달려가 품에 뛰어들었다. 후나바 씨는 작은 수건으로 사호의 땀을 닦아주고 물통에 담아 온 뭔가를 마시게 했다. 나는 미지근해진 맥주를 후나바 씨에게 보이지 않게 하고 마셨다.

"죄송해요, 애가 자꾸만 졸라서."

"아닙니다. 저도 운동 잘했어요."

나는 후나바 씨와 사호에게서 조금 거리를 두고 떨어져 앉아, 청바지 뒷주머니에 넣어둔 손수건으로 땀을 닦았다.

"역시 잘하시네요."

그러면서 후나바 씨가 내게 생수병을 건넸다. 보랭
가방에 넣어뒀는지 적당하게 차가웠다. 공놀이일까, 아
이 상대일까, 뭘 잘한다는 건지는 설명하지 않고 후나
바 씨가 사호를 부지런히 보살폈다. 사호는 후나바 씨
에게 안긴 채, 내 얼굴을 보고 후나바 씨 얼굴을 봤다
가 부끄러운지 후나바 씨 품에 얼굴을 숨겼다.

"사호는 세 살쯤 됐나요?"

"네. 지난달에 세 살이 됐어요. 그래도 얘는 체구가
크고 운동도 좋아해서 쉬는 날에는 제가 오히려 지쳐
서……. 같이 놀아주셔서 정말 살았어요. 고맙습니다."

"아빠야?"

사호가 후나바 씨의 얼굴을 올려다보며 말했다.

"아니 아니, 아빠가 아니야. 사와타리 씨라고 해. 죄
송해요……. 얘는 남자 어른만 보면 매번 이래서……."

아빠 얼굴을 기억하지 못하나 싶었지만 그런 건 물
어볼 수 없다. 후나바 씨도 설명하지 않았다. 말하고
싶지 않다는 거겠지. 그래도 사호에게 아빠라고 불리자
내 내면이 달콤하게 마비된 것도 사실이었다. 대디가

아니라 아빠.

어딘지 불편한 침묵을 깨려는 것처럼 연못 분수가 높이 치솟았다.

"엄마, 저거 바다야?"

"아니, 바다가 아니야. 연못 물이야."

"사호, 바다에 가보고 싶어. 엄마, 바다에 언제 가?"

"그러게……."

그러며 입을 다문 후나바 씨의 옆얼굴을 바라보았다. 단정하다고 할 만한 생김새였다. 쭉 뻗은 콧대, 보들보들한 하얀 피부, 뺨에 연갈색 주근깨가 가득한데 그래도 아름다운 사람이다. 후나바 씨에 관해 아는 것은 전혀 없다. 무슨 일을 하는지, 어쩌다가 싱글 맘이 됐는지. 후나바 씨 또한 나를 모른다. 딱히 말할 생각은 없었는데, 후나바 씨의 옆얼굴을 보다가 불쑥 말했다.

"이혼한 처와 딸은 애리조나에 살아요."

후나바 씨는 놀란 표정으로 나를 보더니 다시 앞을 보고 말했다.

"머네요……."

"네, 멀죠……."

"어떤 곳인지 상상도 안 돼요."

그것만으로도 충분했다. 내 전처와 딸이 여기에서 멀리 떨어진 곳에 있다는 걸 지금 누가 들어준다면. 아까 문자 메시지를 보낸 미야타 씨에게는 할 수 없는 이야기다. 상처를 감추고 있는 사람들끼리만 할 수 있는 이야기였다.

"아, 사호가 잠들었어."

후나바 씨가 울먹이는 소리를 냈다. 사호는 공놀이를 하느라 지쳤는지 이마에서 땀을 흘리며 후나바 씨 품에서 축 늘어졌다. 나도 그 무게를 상상할 수 있다. 잠든 아이는 깨어 있을 때보다 훨씬 무거워진다는 걸.

"제가 안을게요."

"네? 어떻게 그래요."

"그래도 짐이 이렇게 많은데 힘들잖아요. 유모차도 없고."

피크닉 매트 위에서 공과 물통을 넣어 온 후나바 씨의 커다란 가방이 직사광선을 받고 있었다. 후나바 씨의 눈썹이 꼭 우는 것처럼 여덟팔(八) 자를 그렸다.

"죄송해요. 정말 죄송합니다."

나는 못 들은 척하고 사호를 안아 들었다. 후나바 씨가 자기 가방과 내 토트백을 들고 옆에 따라붙었다.

아파트로 가는 길을 둘이 같이 걸었다. 가느다란 뼈가 느껴지는 보드라운 몸. 촉촉하게 땀을 흘린 양서류 같은 피부. 왠지 먼지 같은 냄새. 사호는 나와 헤어졌을 때의 기호보다 몸집이 크고 체중도 무겁지만 그래도 그 전부가 그리웠다.

"저기, 정말로 죄송해요."

아파트로 올라가는 언덕 앞에서 후나바 씨가 말했다.

"아닙니다, 겨우 이 정도인데요."

말은 그렇게 하지만 오랜만에 아이를 안았더니 무게 때문에 허리가 아팠다. 다시 한번 사호의 몸을 제대로 고쳐 안았다.

"저기, 밤에 시끄럽지 않으세요? 애는 양치질을 싫어해서…… 매번 큰 소리로 울어요……."

"아아, 제 딸도 그랬어요."

사실은 그렇지 않았다. 기호는 말을 잘 듣는 아이였다. 일찍 퇴근한 날이면 늘 내가 양치질 담당이었는데, 이를 닦자고 하면 내 허벅지 위에 작은 머리를 올리고 얌전히 입을 벌렸다. 전혀 저항하지 않고 내가 하는 대로 따랐다.

아파트 입구에서 사나이 씨와 엇갈렸다. 사호를 안

은 나와 후나바 씨가 동시에 인사하자, 사나이 씨는 입을 크게 벌리고 무슨 말인가 하려고 했다. 스쳐 지나간 뒤에도 사나이 씨의 시선이 우리 둘에게 고정되었을 것을 쉽게 상상할 수 있었다.

후나바 씨와 엘리베이터를 탔고 같은 층에 내렸다. 후나바 씨가 현관문을 열 때, 사호가 잠에서 깼다.

"아빠……."

"얘가 정말 왜 이래. 죄송해요."

후나바 씨의 눈썹이 점점 더 축 처졌다. 땀에 푹 젖은 사호의 몸을 받아 안으며 후나바 씨가 "정말 죄송했습니다" 하고 고개를 숙였다. 왠지 사과하는 일에 익숙해 보였다. 타고난 성격인지, 싱글 맘으로 살아서 그런 건지 모르겠다. 그래도 그 말을 듣자 무심결에 이런 말이 나왔다.

"바다, 제가 차를 운전할게요. 카시트도 그대로 있어요. 가끔은 운전해줘야 차 상태도 나빠지지 않으니까요."

후나바 씨의 입이 '아' 하고 발음하는 것처럼 굳어졌다. 나는 대답을 듣지 않고 다음에 또 보자고 말하고 내 집의 문을 열고 들어갔다. 땀에 젖은 내 티셔츠에서 여전히 사호의 냄새가 났다.

"그 후배랑 연락하세요?"

회사 구내식당에서 마주 앉은 소노베가 물었다.

미야타 씨 이야기인 걸 바로 알아차렸지만 대답하지 않았다.

"미야타 씨요, 사와타리 선배가 꽤 마음에 든 것 같던데……. 그 뒤에 둘이 다른 가게에 가서 마셨다면서요. 사와타리 선배, 점잖으시면서 할 때는 하시네요."

귀까지 빨개지는 걸 느끼고 나는 황급히 작은 접시에 담긴 배추절임을 먹었다. 취한 척하며 미야타 씨의 어깨에 기댔던 나. 어슴푸레한 계단에서 미야타 씨의 팔을 끌어당긴 나. 미야타 씨가 소노베에게 어디까지 말했는지는 모르나, 왠지 소노베는 그날 밤 일을 전부 알고 있을 것만 같았다. 배추절임을 씹는 소리만 관자놀이를 울렸다. 나는 침묵을 고수했다. 말없이 왼손 약지를 봤다. 반지 자국이 요전에 봤을 때와 똑같이 희미하게 남아 있었다.

"중요할 때는 꼭 입을 다무신다니까. 이혼 경력 있는 남자한테는 아까울 정도로 멋진 여자잖아요?"

나도 모르게 고개를 들었다.

"죄송합니다. 말이 과했어요."

소노베가 냉큼 입을 다물고 꾸벅 고개를 숙였다.

테이블 위에 놓아둔 스마트폰이 진동했다. 문자 메시지가 왔다. 미야타 씨였다.

'다음에 같이 식사할 수 있을까요? 사와타리 씨가 편하신 날에요.'

나는 화면을 보고 작게 한숨을 쉰 뒤, 스마트폰 화면을 아래로 하고 테이블에 내려놓았다.

"그거 미야타 씨가 보낸 거죠?"

소노베가 돈가스덮밥을 급하게 먹으며 말했다.

나는 묵묵히 고개를 끄덕였다.

"자리를 마련해놓고 이렇게 말하면 좀 그런데요, 왜 그렇게 사와타리 선배를 좋아할까요? 같이 있던 다른 여자도 그렇다고 했거든요……. 이혼남한테는 저는 모르는 색기가 있나?"

소노베는 그렇게 중얼거리며 연신 고개를 갸웃거렸다. 나는 멍하니 소노베를 바라보았다.

"아, 또 괜한 소리를 했네요. 죄송합니다."

"화가 난 게 아니야. 그냥."

"그냥?"

"이런 게 오랜만이라서 곤혹스러울 뿐이야."

소노베는 얼마 남지 않은 된장국을 마저 다 마시고 말했다.

"곤혹스럽다니 무슨, 선배가 고등학생도 아니잖아요? 사와타리 선배한테 인기 절정기가 찾아온 거 아닐까요."

"인기 절정기라니."

오랜만에 듣는 그 말을 따라 하며 나는 웃음이 터질 뻔했다.

"인기 절정기는 하여간 금방 지나버리니까요……. 사와타리 선배, 지금 잘하셔야 해요. 그럼 저는 먼저 갑니다."

넉살 좋게 말한 소노베는 다 먹은 식기가 담긴 플라스틱 쟁반을 두 손으로 들고 테이블에서 일어났다. 구내식당에서 나가는 그의 뒷모습을 바라보며 나는 엎어둔 스마트폰을 봤다. 미야타 씨가 보낸 문자 메시지는 더는 거들떠보지 않았다. 라인에 메시지가 와 있었다.

'이번 주 일요일이요. 정말로 신세를 저도 괜찮을까요? 일이 바쁘면 염려 마시고 편하게 말씀해주세요.'

후나바 씨가 보낸 메시지였다. 그 공원에서 벌써 몇 번이나 마주친 우리는 라인으로 대화를 나누기 시작했다. 솔직히 말하면, 그 공원에 가면 후나바 씨와 만날 수 있을 것 같아서 일요일마다 날이 좋으면 공원을 찾았다. 매번 만나는 것은 아니다. 후나바 씨와 사호를 만나지 못하는 날도 있다. 그 모녀와 만나면 나는 사호와 놀고 후나바 씨가 타 온 아이스커피를 마셨다.

유사 가족이라는 말이 머릿속을 스쳤으나, 지금 내게 필요한 것은 미야타 씨 같은 생기 넘치는 독신 여성이 아니라 후나바 씨처럼 육아와 생계에 고군분투하느라 지친 여성일지도 모른다.

"바다에 가는 거, 다음 주 일요일에 어떠세요?"

지난 일요일에 물어봤는데, 후나바 씨는 처음에는 받아들이지 않았다.

"그렇게까지 신세를 지면 면목이 없어요."

"저도 가끔은 숨을 좀 돌리고 싶어서요. 같이 어울려 주실 순 없나요?"

그렇게 말하자 후나바 씨는 자기 자신을 이해시키려는 것처럼 고개를 끄덕였다. 우리 대화를 들었는지, 내 무릎 위에 앉아 있던 사호가 나를 올려다보며 물었다.

"사호, 바다 가는 거야?"

"그래, 차를 타고. 사호의 엄마랑 나랑."

"바다! 바다!"

사호는 내 무릎에서 일어나더니 피크닉 매트 위에서 폴짝폴짝 뛰었다.

꼭 가족 같군. 기리코도 애리조나에서 새로운 가족을 만들었다. 나라고 그럴 권리가 없는 것도 아니지 않나. 그러면 기호는 어떻게 되지? 기호에게는 새로운 대디가 있다. 내가 기호의 혈연상 아버지인 사실은 평생 변하지 않는다. 그러나 내가 한 번도 만난 적 없는 그 백인 남자를 기호는 자기 아버지로 인식하고 자랄 것이다. 그렇다면 내게도 사호의 아빠로 살아가는 길이 있을지도 모른다. 그런 달콤한 망상이 내 안에서 희미하게 부풀기 시작했다.

공원에서 돌아오면 각자 집 앞에서 헤어졌다. 오래된 아파트니까 창문을 열어두면 목소리나 생활하는 소음이 들린다. 일요일 한밤중, 기호의 페이스 타임을 기다리다 보면 어린애가 요란하게 우는 소리가 종종 들리기도 했다. 사호가 우는 거겠지 싶었다. 무슨 일인지 그날은 아무리 기다려도 기호에게서 연락이 없었다. 무언가 일이 생겼는지도 모른다. 내 쪽에서 기리코의 연락처를 눌렀다. 1년 만에 보는 기리코의 얼굴이 화면에 나타났다.

"기호가 열이 났어."

"괜찮은 거야?"

"지금 데이비드랑 병원에 갈 거야."

"그렇구나, 조심해서 다녀와."

"고마워."

기리코가 말을 마치자 화면이 뚝 새까매졌다. 1년 만에 보는 기리코는 머리카락이 많이 자랐고 살짝 피곤한 얼굴이었다. 기호가 괜찮을지 걱정이지만 딸아이 혼자 애리조나에 있는 건 아니다. 기호 곁에는 기리코와 데이비드가 있다. 그래도 내 마음은 왠지 모르게 불안했다. 침대에 누워서도 눈이 또랑또랑했다. 그랬는데 옆집에서 또 들리는 사호의 울음소리에 귀를 기울이다 보니 어느새 잠의 세계로 끌려 들어갔다.

그다음 주 일요일에는 기온은 높았으나 하늘이 영 수상쩍었다. 오후부터 갑자기 뇌우가 쏟아질 가능성이 높다고 FM 라디오가 알려줬다. 그래도 사호는 세 살이다. 이 무더위 속에서 맹렬하게 수영할 것도 아니다. 사호에게 바다라는 걸 한 번 보여주기만 하면 그만이다. 차가 막히는 시간대를 피하려고 오전 8시에 아파트 앞에서 후나바 씨와 사호를 기다렸다. 둘이 오는 걸 보고 나는 차에서 내려 뒷좌석 문을 열었다. 사호는 처음에는 조금 반항했지만 카시트에 얌전히 앉아줬다. 후나바 씨에게는 조수석에 앉으라고 권했다. 후나바 씨는 잠깐 머뭇거리다가 조수석에 앉았다. 나는 천천히 차를 몰았다.

"창문을 조금 열어도 될까요?"

"아, 물론이죠."

후덥지근한 공기가 차를 채웠다. 머리카락이 휘날리는 걸 신경 쓰며 후나바 씨가 고개를 돌려 뒷좌석을 보고 웃었다.

"사호, 좋겠다. 바다를 보러 가네?"

"응. 사호, 바다에 가. 붕붕을 타고, 엄마랑 오빠랑 같이."

사호는 어느새 나를 오빠라고 부르기 시작했다. 몇 번 중 한 번은 아빠라고 불렀다. 그럴 때마다 후나바 씨가 "사와타리 씨라니까"라고 고쳐줬으나, 사호의 혀는 내 이름을 잘 발음하지 못했다. 고육지책으로 후나바 씨는 나를 배려해 "오빠"라고 부르라고 했고(나이로 보나 외모로 보나 완벽하게 아저씨인데), 그 이후로 나는 사호의 오빠가 되었다. 사호의 머릿속에 내가 어떤 위치로 인식되었을지 나는 모른다. 그래도 나를 싫어하는 것처럼 보이진 않았다.

사호는 분홍색 토끼 인형을 손에 들고 얌전히 창밖을 바라보았다. 다행히 차멀미는 안 하는 것 같다. 나는 오랜만에 하는 운전에, 또 후나바 씨와 사호를 차에 태우고 멀리 외출하는 것에 초반에는 긴장했지만, 바다가 점점 가까워지면서 일요일에 자주 이렇게 기리코와 기호를 태우고 외출했었다는 게 떠올랐고 운전에도 익숙해졌다.

예전에 했던 드라이브가 생각났다. 기리코가 좋아하는 사람이 생겼다고 말한 뒤였다. 어디에 갔는지는 잊어버렸다. 기호가 뒷좌석에서 깊이 잠든 덕분에 마음 놓고 기리코와 있는 대로 말다툼했다. 기리코가 소리를 지르는 바람에 기호가 깨서 같이 달랬었다.

"밤에 많이 울어서 힘드시겠어요."

나는 앞을 본 채 넌지시 말했다.

"앗, 역시 들리는군요? 죄송해요. 도무지 지금 집에 익숙해지질 않아서……. 게다가 자꾸만 아빠가 없다고 말하네요."

가슴이 꽉 조여드는 것 같았다. 애리조나에 간 기호도 그렇게 운 적이 있을까? 기리코는 기호를 뭐라고 위로하고 달랬을까.

"그런 건 전혀 죄송해하지 않으셔도 돼요. 저는 애 울음소리에는 익숙하니까요."

"정말 죄송해요. 일 때문에 피곤하실 텐데 숙면을 방해해서요."

"아니요, 그건 후나바 씨도 그렇죠. 낮에는 일하시고 어린이집에 데리러 가고, 식사를 차려서 먹이고 목욕을 시키고 이도 닦아줘야 하고요."

도중부터 후나바 씨가 웃었다. 나를 바라보는 눈이 살짝 붉어진 것처럼 보였다. 공원에서 대화를 나누며 후나바 씨가 영양 식품 회사에서 광고 일을 한다는 걸 알았다. 부모님은 멀리 떨어져 살아서 사호와 거의 만난 적이 없다는 것도. 공원에서 만날 때, 동년배의 친구와 같이 있는 모습을 못 봤다. 즉, 후나바 씨는 이 동네에 의지할 사람도 없이 오로지 혼자서 딸을 키우는 것이다. 이번 드라이브가 후나바 씨와 사호의 마음에도 숨구멍을 뚫어주면 좋겠다고 생각했다.

바다가 가까워질수록 구름 움직임이 수상해졌다. 열어둔 창문에서 비 냄새가 은근히 났다. 하늘에 뜬 잿빛 구름도 빗방울을 잔뜩 머금은 것 같았다. 그래도 나는 두 사람을 태우고 바다로 갔다. 산과 산 사이, 수평선이 보였다가 숨었다가 했다.

"아, 바다."

어린애처럼 들뜬 목소리를 낸 건 후나바 씨였다. 사호는 어느새 깊이 잠들었다. 바다가 가까워지자 바람에 바다 냄새가 섞인 것 같았다. 뚝뚝, 빗방울이 앞 유리를 두드리기 시작한 건 정오를 조금 지났을 때로, 나는 바닷가 주차장에 차를 세웠다. 내 차 이외에는 차가 거의 없었다. 비가 본격적으로 내리기 시작했다. 이런 날 바다에 온 건 태어나서 처음이었다. 연한 잿빛이었던 바다가 순식간에 짙은 회색으로 물들었다.

"바다 도착했어?"

사호가 뒷좌석에서 잠에 취한 목소리로 물었다.

"도착했는데 비가 와서……."

"바다에서 헤엄 못 쳐?"

"오늘은 안 될 것 같아."

사호가 차 안의 후덥지근한 공기를 찢어발기는 목소리로 울었다. 가까이에서 들으니 박력이 대단했다. 듣는 사람의 신경을 건드리는 목소리. 후나바 씨가 조수석에서 손을 내밀어 사호의 허벅지를 다정하게 쓰다듬었다.

"바다를 보면서 점심을 먹을까……?"

그렇게 달래며 후나바 씨가 무릎 위에 올려놓은 가방에서 표면에 어떤 캐릭터가 그려진 플라스틱 도시락통을 꺼냈다. 후나바 씨가 뚜껑을 열었다. 나는 안을 들여다봤다. 초록색은 오이, 빨간색은 잼. 빨강과 초록 샌드위치가 교대로 놓여 있었다. 후나바 씨는 똑같은 샌드위치가 든 한층 더 큰 도시락 통을 내게 건넸다.

"괜찮다면 이거 드세요."

내게 도시락 통을 주고 후나바 씨는 문을 열고 뒷좌석으로 이동했다. 후나바 씨가 내민 샌드위치 한 조각을 사호가 손으로 탁 쳤다. 샌드위치 안의 얇게 썬 오이가 카시트 주변에 흩어졌다.

"사호!"

후나바 씨의 목소리가 커졌다. 그래도 사호는 울음

을 그치지 않았다. 나는 길고 긴 육아의 나날 대부분이 지긋지긋한 시간으로 성립된다는 걸 떠올렸다. 기리코와 기호가 있었을 때도 이런 장면이 몇 번이나 있었다. 나도 모르게 말했다.

"잠깐만."

여기까지 온 사호에게 바다를 가까이에서 보여주고 싶었다. 바다 자체를 만지게 하고 싶었다. 나는 문을 열고 우산을 쓴 채 뒷좌석 문을 열어 카시트의 잠금을 해제한 후 사호를 안았다. 울어낸 탓인지 몸이 땀으로 축축하게 젖었다. 사호를 안고서 바다로 다가갔다. 파도가 밀려와 하얀 거품을 남기고 다시 물러갔다. 품에 안은 사호의 샌들 신은 발을 그 파도에 담갔다. 처음에는 무서워서 발을 움츠렸지만 사호는 곧 재미있어하며 자기가 발을 쭉 뻗었다. 파도 위에 서고 싶어 해서 사호를 모래사장에 내려놓았다. 포동포동한 두 발로 사호가 해변에 섰다. 사호에게 우산을 기울여주며 파도에 휩쓸리지 않게 한 손을 단단히 붙잡았다. 내 셔츠 오른쪽 어깨는 이미 비에 푹 젖었다.

"이게 바다? 바다야?"

나를 올려다보며 사호가 물었다.

"그래. 오늘은 비가 오지만 이게 바다야."

파도가 발밑에서 터지는 게 간지러운지 사호가 즐거운 비명을 질렀다. 사호의 손을 잡은 채 나는 바다를 봤다. 연한 먹색 물 덩어리. 바다도 모래사장도 회색빛 그러데이션. 선명한 색이라곤 사호가 입은 티셔츠의 붉은 물방울무늬뿐이다. 거기에만 생명이 깃든 것 같다. 이 바다는 미국까지 이어진다. 그러나 내가 알기로 애리조나에는 바다가 없다. 기호는 너른 바다를 언제쯤 보게 될까.

어느새 옆에 후나바 씨가 서 있었다. 후나바 씨는 내게 우산을 기울였다. 후나바 씨 얼굴이 비에 젖어 머리카락 한 올이 뺨에 달라붙었다.

"고마워요. 사호도 이제 마음이 풀렸을 거예요."

그렇게 말하는 후나바 씨의 손을 나는 붙잡았다. 어떤 의도가 있어서 한 동작은 아니고 동물적인 반사작용이었다. 따뜻한 손이었다. 사호의 뜨끈뜨끈한 손바닥과는 또 달랐다. 이런 온기와 닿은 것도 굉장히 오랜만이지 않을까. 후나바 씨도 내 손을 뿌리치지 않았다. 바다에 비가 내린다. 비는 이제 비가 아니라 바닷물이 된다. 그 경계는 어디쯤 있을까. 나는 먹색 바다를 보며 멍하니 생각했다.

빗줄기가 더욱 거세졌다. 또 울먹이기 시작한 사호를 후나바 씨가 반강제로 차에 태우고 수건으로 온몸을 닦아주었다. 후나바 씨가 내게도 수건을 건넸다. 수건에서 남의 집 냄새가 났다. 우리는 차에서 후나바 씨가 만든 샌드위치를 먹었다.

"헤엄 못 쳤어."

사호가 샌드위치를 입에 문 채 큰 소리로 말했다.

"또 오자."

사호 옆에 앉은 후나바 씨가 눈이 부시기라도 한 표정으로 나를 바라보았다.

"화창한 날에 또 헤엄치러 오자."

"응!"

사호의 입에서 샌드위치 부스러기가 튀어나왔다.

너무 들뜬 탓인지 아니면 배가 부른 덕분인지 돌아오는 차에서도 사호는 잠들었다.

"그렇게 기뻐하는 딸은 오랜만에 봤어요. 정말 고맙습니다."

"이 정도는 언제든 할 수 있어요."

백미러로 잠든 사호를 확인했다. 짧은 치마 아래로

포동포동한 허벅지가 드러났다. 거기에 적자색 멍 같은 것이 보였는데 어쩌면 선천적인 걸 수도 있으니 굳이 언급하지 않았다.

"오빠랑 바이바이 하기 싫어."

아파트에 도착하자 사호가 잠투정하며 또 울었다. 오후 6시 조금 전이었다. 돌아오는 동안 비가 그쳤고, 아파트 주변에는 비가 내리지 않았는지 도로가 말라 있었다.

"안 돼, 사호. 내일은 어린이집에 가야지. 밥 먹고 빨리 자야 해."

"잠깐 쉬었다 가실래요? 제가 커피를 대접할게요. 후나바 씨도 피곤하시죠."

후나바 씨의 얼굴이 곤혹스러운 표정으로 물들었지만, 나는 후나바 씨에게 커피를 대접하고 싶었다. 사호는 마치 자기 집처럼 내 집에 들어왔다. 기호의 장난감을 옷장에서 꺼내줬다. 이런저런 인형과 블록, 전부 기호가 두고 간 것이다. 사호는 거실 러그 위에 다리를 쭉 펴고 앉아 혼자 놀기 시작했다. 나는 후나바 씨에게 식탁 의자를 권하고 부엌에서 커피를 내렸다. 후나바 씨는 티 나지 않게 집을 둘러보고 "어쩜 집이 이렇게 깔끔해요. 우리 집과 전혀 달라요"라고 말했다.

"집에서는 잠만 자니까요."

커피 잔을 앞에 내려놓자, 후나바 씨는 잔을 손에 들고 황홀하게 향을 맡았다.

"이렇게 내린 커피를 마시는 거 오랜만이에요."

"괜찮다면 언제든 제가 만들어드릴게요."

진심이었다.

"오늘은 정말 고마웠어요. 사호가 자꾸만 고집을 부려서…… 누굴 닮았는지 일단 말을 꺼내면 도무지 사람 말을 안 듣는데……. 아니에요, 사호의 성격 문제가 아니죠. 제가 잘못 키우는 거예요."

후나바 씨가 한숨을 내쉬었다.

"남편도, 전남편도 몇 번이나 제가 나쁘다고 나무랐어요."

후나바 씨는 아주 잠깐 울었다. 무슨 말을 해줘야 할지 모르겠다. 나는 식탁 위에 힘없이 놓인 후나바 씨의 손을 만졌다.

"아, 저 그림."

화제를 바꾸려는 듯이 후나바 씨가 말하며 내 손에서 자기 손을 슬쩍 떨어뜨렸다. 거실과 침실 사이 미닫

이문이 열려 있었다. 후나바 씨가 앉은 자리에서 서랍
장 위에 놓인 그림이 보이나 보다.

"저게 무슨 그림이죠……?"

"아, 〈습기의 바다〉라는 그림입니다."

"예전에 텔레비전에서 본 적 있어요. 그때 인상 깊었
어요. 무슨 그림인지 인터넷으로 찾아봤는데 결국 찾지
못했어요……."

아직 결혼 생활을 유지하고 있을 때 봤을까, 아니면
이혼한 후에 봤을까. 저 음울한 그림이 인상 깊었다면
후나바 씨의 결혼 생활도 잘 풀리지 않았기 때문이리라
짐작했다. 나도 그 이상은 설명하지 않았다. 아내가 저
그림을 좋아한 것. 아내가 저 그림을 이 집에 남기고 떠
난 것. 그런데 아내가 왜 저 그림을 좋아하는지 그 이
유를 물어본 적도 없었다. 당신은 당신 본인 외에는 전
혀 흥미가 없지. 언젠가 내게 그렇게 따져 묻던 아내의
목소리가 귓가에 되살아나는 것 같았다.

후나바 씨와 마신 커피는 맛있었다. 때때로 사호가
봉제 인형을 들고 와서 후나바 씨 무릎에 얼굴을 파묻
고 응석을 부렸다. 미래, 라는 단어가 머릿속에 떠올랐
다. 나는 사호의 아빠로 산다. 후나바 씨의 남편으로

산다. 무슨 멍청한 생각인가 싶지만, 지금 이 풍경은 가족 그 자체가 아닌가. 달콤한 망상을 차단하는 것처럼 후나바 씨가 엄마의 목소리를 냈다.

"그만 집에 가자, 사호. 저녁 준비도 해야지."

"싫어!"

사호가 세차게 고개를 저었다.

"제가 뭐 간단한 거라도 만들까요?"

"아니에요, 사와타리 씨한테 그렇게까지 신세를 질 순 없어요. 게다가 얘는 편식도 심하고 알레르기도 있어서 먹을 수 있는 게 한정적이에요."

후나바 씨의 눈썹이 또 축 처졌다. 그런 말을 들으니 나도 더는 무리해서 강요할 수 없었다. 후나바 씨가 사호의 손에 들린 기린 인형을 뺏어서 내게 돌려주려고 하자, 사호가 더욱 크게 울며 외쳤다.

"싫어. 이건 사호 기린이야! 싫어!"

마루 위에서 마구 뒹굴었다.

"저는 더는 필요 없으니까요."

흐느끼는 사호에게 기린 인형을 안겨주었다. 사호는 자기 거라고 주장하는 양 기린을 꼭 끌어안았다.

"정말이지 얘는 황소고집이에요."

후나바 씨가 고개를 숙였다.

"오빠랑 있을래, 사호는 오빠랑 있을래!"

소리를 지르며 갓 잡은 물고기처럼 팔딱거리는 사호를 안고, 후나바 씨는 수없이 고개를 숙이며 옆집으로 돌아갔다. 돌아갈 때, 아까도 봤던 사호의 허벅지에 든 멍으로 시선이 향했다. 문이 닫힌 뒤 나는 가볍게 한숨을 쉬었다.

후나바 씨가 집에 돌아간 후에도 사호의 울음은 도무지 그치지 않고 들렸다. 바다에 다녀와서 흥분한 탓일지도 모른다. 그렇게 생각하자 후나바 씨에게 면목 없는 기분이었다. 나는 냉장고 안에 남은 재료로 뭐라고 불러야 할지 모를 볶음을 만들어 맥주로 삼키듯이 먹었다.

오전 2시에 알람을 맞추고 페이스 타임 착신을 기다렸는데, 지난주와 마찬가지로 그 시간이 되어도 홈 화면 그대로였다. 혹시 기호의 상태가 여전히 안 좋은 걸까. 이쪽에서 걸었다가 지난주처럼 불쾌한 티를 내는 기리코의 얼굴을 보는 것도 싫었다. 한참 기다리다가 나는 포기하고 침대에 누웠다.

또 같은 꿈을 꿨다. 그런데 이번에는 기리코와 기호

가 아니라 후나바 씨와 사호가 나왔다. 그 모녀가 있는 곳은 비가 내려 축축하게 무거워진 모래사장 밑의 암흑. 나는 여느 꿈처럼 소뼈를 손에 들고 그들을 데리러 간다. 까만 개를 어떻게든 길들일 수 있었다. 나는 두 사람의 이름을 부른다. 나는 절대로 뒤를 돌아보지 않는다. 그들의 발소리가 작게 들린다. 어둠 속을 한참 걷자, 파도 소리와 빗소리가 들렸다. 바로 그때 누군가의 목소리가 섞인다. 저 멀리, 뒤에서 달려오는 작은 발걸음 소리.

"대디!"

기호였다. 그 목소리에 나도 모르게 뒤를 돌아본다. 기호의 부러질 듯 가느다란 팔이 내 허벅지 부근을 꽉 옭아맨다. 고개를 들자 바로 앞에 후나바 씨와 사호가 보인다. 그들의 몸은 모래로 이루어졌다. 후나바 씨와 시선을 교환한 순간, 그들의 몸이 발밑에 밀려온 파도에 무너져 내린다. 안 된다고 생각할 겨를도 없이 두 사람의 몸이 파도에 녹아 바다로 끌려간다. 기호가 나를 올려다본다.

"대디는 언제까지나 기호의 대디지?"

그럼, 이라고 대답하려 했는데 접착제로 붙이기라도

한 것처럼 내 입이 움직이지 않는다. 그 순간 잠에서 깼다. 딸 기호가 있는데 사호와 바다에 간 것. 기호가 남기고 간 기린 인형을 사호에게 준 것. 내면 어딘가에 희미하게 피어난 죄책감이 이런 꿈을 꾸게 했을까. 무슨 일이 있어도 나는 기호의 아빠야. 나는 속으로 그렇게 되뇌며 다시 눈을 감았다.

그날 이후로 나와 후나바 씨와 사호는 일요일을 같이 보냈다. 다만 저녁을 같이 먹은 적은 없다. 후나바 씨와 사호가 내 집에 온 적은 몇 번 있지만 그들의 집에 초대받는 일은 없었다. 이런 형식의 교제가 최종적으로 어디에 도착할지 모르겠지만, 그들과 보내는 일요일은 고되다고 할 수 있는 평일 끝에 찾아오는 쉼표 같았다. 장마가 끝나고 무더운 여름날이 계속되었다. 또 바다에 꼭 가자. 사호와 그런 약속을 했다.

금요일 밤, 회사에 남아 마무리하지 못한 일을 하는데 마찬가지로 남아 있던 소노베가 내 책상 곁에 와서 말했다.

"미야타 씨가 실망하던데요. 메시지를 보내도 전혀 답이 오지 않는다고요."

"애초에 나랑 사귈 마음도 없을 거야."

"그게 말이죠, 들어보니까 생각보다 진심인 것 같아서……. 일요일에 메시지를 보내도 답이 없으니까 사와타리 선배한테 누가 있는 거 아니냐고 묻던데요……?"

"설마. 그럴 상황도 아니야."

"하지만 피부도 건강하게 탔고, 사와타리 선배 좀 즐거워 보이세요."

매주 일요일 공원에 가서 사호와 뛰어다니니까 어느 정도 탔을 것이다. 그러나 아무리 친한 소노베라도 후나바 씨와 사호 이야기를 할 생각은 없었다. 같은 층에 이사 온 싱글 맘과 친해졌다고 말하면 소노베는 틀림없이 놀려댈 테니까.

"아, 그리고 이거."

소노베가 고급스러운 하얀 봉투를 내밀었다.

"결혼식 초대장이요. 10월 연휴 때 하려고요. 와주실래요?"

"당연히 가야지."

컴퓨터 모니터에서 시선을 떼지 않고 대답했다.

"아, 사와타리 선배한테 친구 연설을 부탁드릴 거니

까요, 모쪼록 잘 부탁드립니다. 그나저나 결혼반지 진짜 비싸더라고요. 결혼하기 전에 파산하겠어요."

소노베는 그 말을 남기고 자기 자리로 돌아갔다. 나도 모르게 왼쪽 약지를 살폈다. 볕에 탄 덕분인지 반지 자국이 이제 거의 보이지 않았다.

야근을 마치고, 손수건으로 이마를 훔치며, 열대야가 한창인 밤길을 걸어 아파트에 도착한 시각은 평소보다 이른 오후 8시 넘어서였다. 엘리베이터에서 내리자 후나바 씨 집 앞에 몇 명인가 사람들이 서 있었다. 문 너머로 사호의 울음소리가 들렸다. 문밖인데도 귀를 찢는 듯한 성량이었다. 울음소리가 도무지 그치지 않았다. 때때로 엄마, 그만해. 때리지 마. 이런 소리가 섞였다. 또 양치하기 싫어서 난리인가 싶었는데, 이 정도까지 올 일일까? 항상 막차 시간이 다 되어 돌아오니까 이 시간대에 사호가 이렇게 우는 줄 몰랐다.

나는 앞으로 나서서 초인종을 눌렀다. 계속해서, 계속해서. 대답이 없었다. 문을 두드려 "후나바 씨! 후나바 씨!" 하고 나직한 소리로 불렀다.

"이미 몇 번이나 불렀어. 그래도 나오질 않네."

옆에 선 사나이 씨가 말했다.

"매일 밤, 매일 밤 이런다니까. 심야에도 울잖아? 이거 학대 아닌가 싶어서 아동 상담소에도 연락했어요."

아동 상담소. 그 말에 가슴 안쪽에 한 줄기 상처가 난 것 같았다. 후나바 씨가 학대라니 말도 안 된다. 왜 일을 키우나 싶어 사나이 씨를 노려보는데, 주변 사람들이 사나이 씨의 말에 동의하며 고개를 끄덕였다. 나는 다시 문을 힘껏 두드리며 후나바 씨의 이름을 불렀다. 사호의 이름도 불렀으나 울음소리가 한층 더 커질 뿐이었다.

"제가 집에 가서 전화해볼 테니 일단 지금은 그만 좀 하시죠."

소동을 더 키우기 싫었다. 제가 전화할 테니까요. 이 말을 들은 사나이 씨의 눈빛이 조금 날카로워진 것 같았다. 문 주변에 모인 사람들이 각자 집으로 돌아가는 걸 확인하고, 나는 내 집으로 들어가 후나바 씨에게 전화를 걸었다. 그러나 연결이 되지 않는다는 안내만 되풀이되었다. 라인으로도 메시지를 보냈으나 확인하지 않았다.

'뭐든 도움이 필요하면 언제든 말씀하세요.'

마지막으로 메시지를 보낸 나는 옷도 갈아입지 않고

소파에 누웠다. 아직도 사호의 울음소리가 들렸다. 학대라니. 설마 그럴 리 있겠느냐는 마음과 반대로 언젠가 봤던, 사호 허벅지에 난 적자색 멍이 생각났다. 그건가. 설마. 그런 생각을 하다가 어느새 잠들었다. 비몽사몽간에 초인종이 울리는 걸 알았다. 머리맡의 디지털 시계를 보니 새벽 4시 반. 사호의 울음소리는 이제 들리지 않았다. 나는 침대에서 일어나 복도를 걸어가 문을 열었다. 눈 밑이 다크서클로 시커먼 후나바 씨가 심하게 쭈글쭈글한 흰 블라우스를 입고 서 있었다. 평소에는 단정히 묶었던 머리가 흐트러졌다.

"저는…… 학대 안 해요."

가느다란 목소리로 후나바 씨가 말했다. 나는 그렇게 말하는 그 사람을 품에 안았다. 알고 있다는 마음으로. 내 품에 고스란히 들어오는 후나바 씨의 몸은 생각보다 작았다. 후나바 씨에게서 눈물 냄새가 났다. 사호와 바다에 갔을 때 맡은 바다 냄새와도 비슷했다. 나는 문을 닫고, 현관에 서서 후나바 씨의 입술에 내 입술을 댔다. 손과 달리 입술은 선뜩하게 차가웠다. 다시 한번 입을 맞추려 하는데, 저 멀리서 우는 소리가 들렸다. 후나바 씨 집에서 나는 소리였다. 앗, 하고 후나바 씨

의 얼굴이 엄마의 얼굴로 돌아갔다. 그래도 후나바 씨
는 다시 한번 나와 입을 맞췄다. 그런 후에는 내 팔을
붙잡고 쪼그려 앉았다.

"애를 낳는 게 아니었어……."

희미하게 들리는 목소리로 그렇게 말하고 아주 잠깐
운 뒤, 손바닥으로 눈물을 훔치며 일어났다.

"그래도 가야죠."

후나바 씨가 억지로 미소를 지었다.

그렇게 후나바 씨는 돌아갔다.

토요일과 다음 날인 일요일에도 비가 와서 나는 동
네 마트와 세탁소에 다녀온 것 이외에는 집에서 나가지
않았다. 기회를 살펴 후나바 씨 집의 초인종을 눌렀으
나 대답은 없었다. 사호의 울음소리도 들리지 않았다.
몇 번인가 전화하고 메시지를 보냈으나 전부 답이 없었
다. 후나바 씨와 사호를 만나기 전의 주말로 돌아온 것
같았다. 나는 소파에 누워 관자놀이에 느껴지는 무거운
통증을 견디며 그래도 연락이 오지 않을까 하고 몇 번
이나 스마트폰을 손에 움켜쥐었으나, 스마트폰은 진동
하지 않았다. 후나바 씨와 사호가 집에 있는지도 모르
겠다. 옆집에 누가 생활하는 듯한 기척이 없다. 저녁이

226

되어도 뭔가 요리하는 소리나 냄새가 풍기지 않았다.

이렇게 후나바 씨와의 관계가 뚝 끊어진 연줄처럼 끝나리라고 생각할 순 없었다. 다만 예감은 있었다. 기리코도 기호도 그렇게 내 앞에서 모습을 감췄으니까.

내 예감은 들어맞았다. 새벽녘 현관에서 후나바 씨를 안고 입을 맞춘 것이 우리의 마지막 만남이었다.

더는 그들과 만나지 못하지만 나는 계속 생각했다.

만에 하나 사호가 후나바 씨에게 학대를 받았다면 어떻게 하는 게 제일 좋았을까. 이 아파트에서 그들과 가장 친하게 지낸 사람은 나다. 사나이 씨처럼 갑자기 아동 상담소에 연락하는 건 너무 난폭한 행위 같다. 후나바 씨는 학대하지 않았다고 말했다. 그 말을 믿고 싶었다. 내가 후나바 씨 곁에서 도와주면 되지 않았을까. 그러나 일요일에만 만나고 평일에는 막차 시간에나 돌아오는 내가 그런 걸 할 수 있을 리 없다. 기리코도 그것 때문에 화를 냈으니까. 내가 기리코를 돕지 않고 매일 밤늦게까지 일하는 동안(그렇게 하는 게 기리코와 기호와의 생활을 지키는 일이라고 믿었지만) 기리코는 결국 다른 남자와 사랑에 빠졌고, 기호는 다른 남자를 대디라고 부르게 되었다. 똑같은 순환 아닌가. 나는 똑같은 원을 빙글빙글 돈다.

오봉˚이 지나고, 바람과 햇빛이 확연히 가을 분위기로 바뀌었다.

후나바 씨가 아파트에서 모습을 감춘 지 곧 한 달이 지나려 했다. 토요일 오후, 세탁소에서 돌아오는데 후나바 씨의 집 현관문이 열려 있었다. 엿볼 생각은 없었으나 안을 들여다봤다. 이미 거기에 모녀가 생활한 흔적은 전혀 남아 있지 않았다. 정리 업자가 온 건지 현관부터 이어지는 복도 벽 쪽에 크고 하얀 양동이와 대걸레가 세워져 있었다. 자질구레한 휴지나 먼지도 없었다. 그저 하얗고 아무것도 없는 집이었다. 후나바 씨와 사호라는 모녀가 여기 과연 있긴 했는지 모호해질 정도다. 멀거니 서 있는데, 누가 등을 건드렸다. 돌아보니 사나이 씨가 있었다.

"남편처럼 보이는 사람이 몇 번인가 왔었어요. 결국 셋이 다시 같이 살기로 했대. 뭐니 뭐니 해도 가족 관계를 다시 회복하는 게 제일 좋지 않겠어?"

의미심장한 시선으로 나를 바라보는 사나이 씨를 견

˚ 양력 8월 15일을 중심으로 지내는 추석과 비슷한 일본의 명절.

디기 버거워서 나는 집으로 들어왔다. 바닥에 세탁소 봉지를 내던진 채, 손도 씻지 않고 침대에 누웠다. 청바지 뒷주머니에서 스마트폰이 울렸다. 페이스 타임 착신음이다. 무슨 일이 생겼나 화면을 터치하자, 기호의 얼굴이 보였다. 기호의 얼굴은 동그래졌고, 나와 함께 살았던 시절의 흔적이 점점 사라졌다. 대디, 대디, 지금 어디 있어? 기호의 목소리가 들렸다. 마치 이 세계의 끝에서 들리는 듯한 목소리. 기호, 대디는 대체 지금 어디에 있을까? 알려줄 수 있니? 대디는 도쿄야. 대디는 재팬 도쿄에 살아. 기호가 영어로 대답했는데 화면이 갑자기 까매졌다.

〈습기의 바다〉가 눈에 들어왔다. 후나바 씨와 사호도 이 그림 속으로 가버린 것 같았다. 아니, 아니다. 여기 있는 건 나다. 나만 이 달의 표면에 남겨졌다. 여자들은 모두 내 곁을 떠나 사라진다. 내 발만 뜨거운 진흙탕에 깊숙이 잠긴다.

별의 뜻대로

내가 초등학교 4학년이 되던 봄에 태어난 남동생은 가이라고 한다.

학교에서 돌아오면 먼저 세면대로 간다. 마스크를 벗어 세탁 바구니에 넣고 세면대에서 손을 씻고 입을 헹군다. 다음으로 알코올 젤을 손에 비벼 바른다(이렇게 안 하면 나기사 아줌마한테 혼난다).

창문 옆 아기 침대로 다가가 나기사 아줌마(내 새엄마다. 초등학교 2학년 봄부터 같이 살기 시작해서 벌써 2년이 지났지만, 나는 아직 노력해서 부르지 않으면 엄마라고 못 하겠다)에게 "괜찮아요?"라고 물으면, 나기사 아줌마는 아주 졸려 보이는 눈으로 "그럼" 하고 웃으며 대답한다.

처음 태어났을 때는 부처님 같은 얼굴로 계속 잠만 잤는데, 요즘 가이는 내가 집에 오는 시간에 깨어 있을 때가 많다. 아기 침대 울타리 밖에서 살그머니 손을 집어넣어 손가락을 내밀면, 내 손가락을 덥석 붙잡고 놔주지 않는다. 내 손가락을 자기 입 근처로 가져가려고 한다.

"안 돼, 안 돼."

나는 중얼거리며 가이의 주먹에서 내 손가락을 쓱 뺀다. 가이는 내게 얼굴을 보여주고 눈을 빤히 바라보며 웃는다. 나는 가이가 귀엽다. 가이는 최근 "아아"나 "우우" 같은 의미 없는 소리를 내기 시작했다. 꼭 노래를 부르는 것 같다.

"소우, 간식 먹을래?"

나기사 아줌마가 식탁에서 나를 불렀다.

"응."

대답하며 나는 의자에 앉았다. 아빠가 만든 컵케이크와 우유. 우리 아빠는 역 앞에서 카페를 경영한다. 밤에는 늦게까지 술도 파는 가게인데, 요즘은 코로나 때문에 그러지 못한다.

"코로나 때문에 완전히 글렀어."

요즘 아빠의 말버릇이다. 그런 말을 할 때면 아빠 얼굴이 좀 지쳐 보여서 너무 걱정이다. 그래도 초콜릿과 견과류를 얹은 컵케이크는 늘 똑같은 아빠 솜씨니까, 이렇게 맛있는 걸 만들 수 있는 우리 아빠는 정말 대단한 사람이다.

"나기사 아줌마, 아니, 어어, 엄마는 안 먹어?"

내가 묻자, 나기사 아줌마는 "가이를 낳고 아직 살이 빠지지 않았으니까 참아야지"라고 노래를 흥얼거리듯이 대답하고 내가 다 마신 우유 잔에 새로 우유를 따라줬다. 나기사 아줌마도 눈 밑이 시커메서 아빠처럼 피곤한 표정이다.

"오늘 학원, 몇 시부터니?"

"어어, 6시 반부터."

"도시락 열심히 싸야지."

저기, 나기사 아줌마, 피곤할 텐데 무리하지 말아요. 가이도 돌봐야 하잖아. 햄버거를 사서 먹는 애들도 있으니까. 나는 이렇게 말해주고 싶은데 잘 설명하지 못하겠다.

"도시락 없어도 돼."

언젠가 이렇게 말한 적이 있는데 "한창 자랄 나이인

애가 그러면 안 되지"라는 말만 들었다.

　학원에 가기 전까지 나는 내 방에서 학교 숙제를 마쳤다. 내 중학교 입시는 친엄마가 결정한 건데, 아빠가 반대해서 두 사람이 싸운 것도 알고 있다.

　"놀아야 할 애를 학원에 보내고 밤 10시 넘어서까지 밖에 있게 하다니!"

　아빠가 화를 내는 목소리도 들었다. 지금도 가끔, 아주 가끔인데 아빠와 엄마가 말다툼하는 목소리가 내 귀를 스칠 때가 있다. 목욕할 때나 학교에서 돌아오는 길에. 그때는 나도 참 힘들었지. 그런 생각을 하다가 눈물이 날 것 같으면 목욕탕에서 샤워기로 얼굴을 씻었다. 하지만 사실, 나는 지금도 좀 힘들다. 엄마랑, 친엄마랑 만나고 싶을 때 만나지 못하니까.

　숙제를 마친 나는 학원 가방에 나기사 아줌마가 만들어준 도시락을 넣고 역으로 갔다. 어린이집에 다녀오는 걸까? 어린 남자애가 마트 봉지를 들고 하이힐을 신은 엄마와 손을 잡고 걷는 모습이 보여 가슴이 욱신욱신 아팠다.

　우리 아빠랑 엄마는 왜 헤어졌을까. 나는 진짜 이유를 모른다. 아빠도 엄마도 말해주지 않았다. 도대체 왜 내가 원할 때 엄마와 만나면 안 되는지도 모르겠다. 그게 때때로 너무 괴롭다. 정신을 차리고 보니 아빠가 나를 맡아 키우기로 했고, 나기사 아줌마와 같이 살기 시작했고 가이가 태어났다. 나기사 아줌마도 가이도 나는 좋아한다. 그러나 솔직히 말하면 우리 엄마를 좋아하는 마음보다는 훨씬 작다. 그래도 이런 얘기, 아무에게도 하지 않는다.

10분 정도 전철을 타고 학원이 있는 큰 역으로 간다. 역에 들어가기 직전 커브를 도는 곳, 노선 옆에 아파트들이 전철에 바싹 붙은 것처럼 보이는 곳이 있다. 거의 집 안이 보일 정도로 가깝다. 나는 집 하나를 바라보았다. 베란다에 커다란 파키라나무가 있어서 바로 알 수 있다. 저 파키라는 나랑 아빠랑 엄마랑 셋이 살 때부터 있었다. 집에는 불이 아직 켜져 있지 않다. 저기에 엄마가 산다.

나는 석 달에 한 번 엄마와 만날 수 있다. 그날 말고는 엄마와 만나면 안 된다. 이유는 모른다. 학원에서 돌아오는 길에 마음만 먹으면 엄마 집에 들를 수 있다. 하지만 내가 그런 짓을 하면 또 아빠가 엄마에게 화를 낼지도 모르니까 그걸 생각하면 도저히 갈 수 없었다.

그래도 엄마가 사는 동네에서 공부하는 게 나는 좋았다. 솔직히 학원에 가는 건 싫은데, 이 동네에 오려고 학원에 다니는 셈이다.

학원에서 돌아올 때는 머리에서 열이 나는 것처럼 피곤하다. 돌아오는 전철에서도 엄마 집을 봤다. 커튼 너머로 벌꿀색 전등이 켜졌다. 어서 와, 다녀왔어. 나는 마음속으로 중얼거린다.

내가 사는 동네로 돌아오자 개찰구 앞에서 아빠가 기다리고 있었다.

"오, 고생했다."

나한테 말을 거는 아빠에게서 살짝 술 냄새가 난다. 코로나라는 전염병이 유행해서 밤에 가게 문을 닫은 후로 이런다. 밤에 집에 있을 때, 아빠는 술을 마시기 시작했다. 나는 술 냄새가 좀 별로다. 아빠와 엄마가 말싸움할 때면 아빠에게서 자주 술 냄새가 났으니까 그때가 생각난다.

"편의점 들를까?"

집에 가는 길에 아빠는 꼭 이렇게 말한다. 나는 별로 갖고 싶은 게 없지만 작은 젤리나 초콜릿을 사달라고 한다. 아빠는 맥주. 편의점에서 나와 둘이 같이 나란히 걸었다. 선로를 건너면 아빠 가게가 있다. 아빠 발걸음이 멈춘다.

가게 불은 꺼졌고, 늘 밖에 놓아두는 간판도 가게 안에 들여놓았다. 가게가 있는 골목은 마치 죽은 것처럼 조용했다. 바로 옆 꼬치구이 가게도, 그 옆의 장어 구이 가게도 다 닫았다. 이 동네가 조금씩 죽어가는 것 같다.

"앞으로 어떻게 되려나."

아빠가 조금 답답한 듯 말하고 멈춰 서서 가게를 바라보았다. 나는 조금 부끄러웠지만 아빠 손을 잡았다. 아빠가 기운을 차렸으면 좋겠다.

"우리 소우도 중학교 입시를 앞두고 있으니까 힘내야지."

아빠가 스스로 다짐하듯이 말했다.

아빠는 내 중학교 입시에 반대했을 텐데(그것 때문에 엄마랑 싸웠으면서) 대체 언제부터 입시를 응원하기 시작했나 의아했다. 그냥 짐작이지만, 나는 이렇게 생각한다. 내 학원비를 엄마가 내는 걸지도 모른다고.

코로나가 유행한 후로 아빠 일이 어려워진 건 초등학생인 나도 아니까. 게다가 우리 집에는 가이도 태어났다. 앞으로 어린애 두 명분의 돈이 들 테고, 지금 우리 집에 돈이 있을 리 없다. 아파트 대출금도 있다.

아빠랑 같이 집에 돌아와 조용히 문을 열었다. 손을 씻고 입을 헹구고 알코올 젤로 소독하기. 불은 켜져 있고, 가이는 아기 침대에서, 나기사 아줌마는 거실 소파에서 자고 있었다. 창가에 놓인 아기 침대로 다가갔다. 눈을 번쩍 뜬 가이가 내 얼굴을 똑바로 바라보았다. 나는 가이가 정말 귀엽다.

과학 시간에 여름의 대삼각형에 대해 배웠다. 백조자리 데네브와 직녀성 베가, 견우성 알타이르. 그걸 연결하는 걸 여름의 대삼각형이라고 부른다고 했다.

"이 동네에서는 볼 수 없지만…… 플라네타륨이 있는 곳에 가면 볼 수 있으려나……. 하지만 코로나 때문에 플라네타륨도 운영 안 하나……."

선생님이 혼잣말처럼 중얼거린 순간, 수업 종료를 알리는 종이 울렸다.

마스크를 쓰고 학교에 다니고 수업을 받는 것도 이제 다 익숙해졌는데, 여름이 가까워지니까 마스크가 너무너무 답답했다. 그래도 마스크를 안 쓰면 선생님한테 혼나니까 나는 화장실이나 복도 구석에서 마스크를 살짝 옆으로 돌리고 심호흡했다.

아직 유치원에 다닐 때, 플라네타륨을 보러 아빠랑 우리 엄마랑 같이 간 적이 있다. 인공 빛이라고는 해도 나는 그런 별하늘을 본 적이 없었다. 어두워지더니 마치 비가 쏟아지는 것처럼 별이 보인 순간, 무심코 "우와아" 하고 반응해서 아빠와 엄마가 동시에 피식 웃었다. 그때를 생각하면 또 가슴 주변이 꼬집힌 것처럼 따끔하다.

점심시간에 학교에서 유일한 친구라고 해도 좋을 주조랑 도서실에 갔다. 주조는 아마 초등학교 4학년 중 최고라고 해도 좋을 만큼 공부를 잘한다. 같은 학원에 다니는데 주조는 학원에서 제일 머리가 좋은 아이들이 있는 반이다. 당연히 나는 그 반이 아니다.

도서실 의자에 둘이서 앉아 《별자리 도감》이라는 책을 봤다.

"오봉 때는 페르세우스자리 유성군을 볼 수 있대. 한 시간에 100개쯤 혜성을 볼 수 있나 봐."

"주조, 진짜 아는 게 많다. 너 혜성 본 적 있어?"

"응. 작년 여름방학에 갔던 나가노에서. 캠핑했

어……, 아빠랑."

아빠랑이라고 말할 때, 주조는 조금 머뭇거렸다. 주조네도 우리 집처럼 부모님이 이혼했다. 반 아이들한테 당당히 말하지 못하는 우리의 비밀인데, 그게 우리를 가깝게 해주었다. 주조는 지금 엄마랑 산다.

"올해도 갈 거야."

"좋겠다……."

엄마랑 사는 것도 아빠랑 캠핑하러 가는 것도, 주조가 진심으로 부러웠다.

"저기, 주조. 아빠랑 얘기할 수 있어?"

"응? 무슨 소리야?"

"언제나 연락할 수 있어? 아빠랑?"

"응, 언제든 전화해도 괜찮아. 당연히 낮에는 아빠가 일하니까 안 하지만. 라인도 해."

"오오."

나는 놀랐다. 아빠와 엄마 사이에 어떤 대화가 있었는지 모르는데, 나랑 엄마가 만나는 날은 아빠가 따로 알려주는 식이고 나는 마음대로 엄마한테 연락할 수 없다. 그래서 너무 외롭고 가끔 안타깝다.

"부럽다아아."

내가 말하자, 주조가 안경을 가운뎃손가락으로 쓱 올리며 말했다.

"아빠한테 부탁해보지 그래? 그건 아이의 당연한 권리야."

"아이의 당연한 권리라."

주조, 어려운 말을 다 아네. 그렇게 생각하면서도, 말을 듣고 보니 정말 그랬다. 친엄마한테 원하는 때 연락하지 못하는 건 역시 조금 이상하다. 나는 그날 가방을 메고 하굣길을 걸으며 언젠가 아빠에게 말해보자고 두근두근 떨리는 마음으로 생각했다.

자동문이 열리고, 냉방으로 인해 쌀쌀해진 공기를 느끼며 엘리베이터 홀로 갔다. 나는 당연히 집 열쇠를 갖고 있다. 평소랑 똑같이 현관문을 열었는데, 문이 조금만 열렸다. 위쪽에 잠금장치가 걸려 있었다. 그렇다면 나기사 아줌마랑 가이가 집에 있다는 건데…… 나는 당황했다.

"나기사 아줌마!"

문틈으로 불러도 잠들어버린 건지 아줌마는 대답이 없다. 가이의 목소리도 들리지 않는다.

"나기사 아줌마!"

몇 번이나 불러봐도 안에서 사람이 움직이는 기척이 없다. 당연히 아빠 목소리도 들리지 않는다. 아, 하고 퍼뜩 생각이 미쳤다. 나는 크게 숨을 내쉬고 "엄마!" 하고 불러봤다.

몇 번을 불러도 똑같았다. 전혀 반응이 없었다. 나는 포기하고 문을 닫았다. 이런 건 처음이었다. 나기사 아줌마는 다정하니까 나를 내쫓을 리 없다. 아마 가이랑 깊이 잠들었나 보다.

아빠 가게에 가려고 했는데, 낮에 바쁘게 일하는 아빠를 방해하는 것도 싫었다. 어쩔 수 없이 나는 엘리베이터를 타고 1층으로 내려와 입구 옆의 소파에서 기다리기로 했다. 종종 소파에서 노는 애도 있으니까 내가 소파에 앉아 있어도 지나가는 사람들이 이상하게 보진 않았다.

나는 할 수 없이 가방에서 오늘 도서실에서 빌린 《별자리 도감》을 꺼내 읽기로 했다. 그러나 혹시 나기사 아줌마와 가이에게 무슨 일이 생긴 건 아닐까 걱정이 들었다. 구급차나 경찰을 부르는 게 좋을까? 이런 생각이 들자 불안했다. 하지만 스마트폰도 집에 있었다. 관리인한테 말하는 게 좋을까?

머리 아프게 그런 생각을 하고 있는데, 갑자기 자동문이 열렸다.

허리가 굽은 할머니가 쇼핑 카트를 밀며 들어왔다. 카트에 담긴 셀러리의 황록색 잎이 구멍 사이로 삐져나와 있었다. 우리 할머니들(아빠랑 엄마랑 나기사 아줌마네)보다 훨씬 더 나이가 많은 할머니였다. 흰머리를 터번 같은 화려한 천으로 묶고, 귀에 커다란 돌 귀고리를 달았다. 프레임이 커다란 안경 때문에 할머니 눈이 아주 커다랗게 보였다. 주름 자글자글한 손가락에는 새빨간 매니큐어. 내가 아는 할머니들과는 달랐다. 굉장히 화려해 보였다. 이 아파트에서 지금껏 본 적이 없는 할머니였다. 할머니가 나를 빤히 바라보았다. 조금 불편했다. 할머니의 시선이 입을 활짝 벌린 내 가방 위에 멎었다.

"너, 여기서 뭐 하니?"

할머니가 또렷한 목소리로 물었다.

"저기, 저기, 문이 안 열려서……."

"안에 누가 있긴 하고?"

"네."

"그렇다면 이상하구나. 내가 집에 가줄까?"

말을 다 하기도 전에 할머니는 1층 제일 끝 집에 쇼핑 카트를 놓고(아마 거기가 할머니 집이겠지) 엘리베이터 홀로 성큼성큼 걸어갔다. 나는 가방을 안고 허둥지둥 뒤를 쫓았다. 할머니와 함께 엘리베이터에 탔다.

"몇 호?"

내가 집 호수를 말하자, 할머니가 손에 쥔 열쇠로 5층을 눌렀다. 나는 이상하게 가슴이 쿵쾅쿵쾅 뛰었다. 엘리베이터에서 내리자 할머니는 머뭇거리지 않고 우리 집으로 갔다. 그리고 초인종을 눌렀다. 역시 대답이 없었다. 나는 열쇠로 문을 열었다. 여전히 위쪽 잠금장치가 걸려 있었다.

"나기사 아줌마!"

내가 외쳤다.

"응? 엄마가 아니니?"

할머니가 물었고 나는 당황해서 "엄마!" 하고 문틈에 대고 외쳤다. 그래도 대답이 없었다. 그러자 할머니가 문을 주먹으로 두드려서 내 눈이 휘둥그레졌다. 복도에 할머니가 문을 쾅쾅 두드리는 소리가 울려 퍼졌다. 집 안에서 희미하게 소리가 났다. 문틈으로 들여다보니 나기사 아줌마가 완전히 졸음에 취한 얼굴로 복도를 걸어오고 있었다.

"나기사 아줌마!"

나는 조금 울먹이는 소리로 외쳤다.

"그렇게 두드리면 가이가 깨잖니."

나기사 아줌마는 지금까지 한 번도 본 적 없는 조금 화난 듯한 얼굴로 문을 열었다. 나기사 아줌마의 머리는 부스스했고, 눈 밑에는 다크서클이 새까맸다. 아침 먹을 때 앞머리를 집어둔 클립도 여전히 하고 있었다. 그래도 문을 열어주었다.

뒤를 돌아보자 할머니가 엘리베이터에 탄 채 이쪽을 보고 있었다. 나는 얼른 꾸벅 인사했다. 내가 집으로 들어가자, 나기사 아줌마가 소파에 털썩 드러누웠다. 나는 세면대에 가서 손을 씻고 입을 헹구고 알코올 젤로 소독했다. 그런 후 아기 침대로 다가갔는데, "지금 간신히 잠들었으니까! 안 돼!" 하고 나기사 아줌마의 날카로운 목소리가 날아왔다. 나기사 아줌마의 그런 목소리는 처음이어서 나는 그 자리에서 펄쩍 뛸 정도로 놀랐다.

나기사 아줌마는 처음 만난 후로 같이 사는 지금까지 나한테 안 된다는 소리를 한 적이 없었다. 나기사 아줌마, 문에 잠금장치가 걸려 있었어요. 말해주고 싶었으나 말을 제대로 못 할 것 같았다. 또 혼날지도 모른다는 생각에 무서웠다.

"아기는 계속 잠만 자는 줄 알았는데……."

나기사 아줌마가 소파 쿠션에 얼굴을 파묻었다. 혹시 우는 걸까 싶어서 또 조금 겁먹었다. 그래도 잠시 후 나기사 아줌마의 새근거리는 숨소리가 들렸다. 나는 살그머니 아기 침대로 다가갔다. 가이도 숨을 안 쉬는 것처럼 깊이 잠들어 있었는데, 눈가에 눈물 자국이 있었다. 귀여워. 그러나 가이가 정말 살아 있는지 불안해져서 나는 가이의 코 아래에 손가락을 댔다. 귀여운 숨결이 손가락에 닿았다. 나는 마음이 놓여 그 자리에 주저앉고 말았다. 가이는 나기사 아줌마의 말처럼 간신히 잠든 거다. 그러니까 나기사 아줌마는 잠금장치를 푸는 걸 잊었다. 그렇게 생각하기로 했다.

나기사 아줌마와 가이는 저녁때가 되어도 깨지 않았다. 오늘 학원 도시락은 어쩐지 싫었으나 푹 잠든 나기사 아줌마를 깨우는 것도 좀 안쓰러웠다. 어쩔 수 없지. 오늘은 햄버거를 먹자. 그래서 나는 나기사 아줌마의 지갑을 열어 천 엔을 빌렸다. 거스름돈은 고스란히

돌려줄 생각이었다. 그게 그날 밤, 엄청난 사건이 될 줄
은 상상도 못 했다.

"저녁 도시락도 안 주고 애를 학원에 보내다니 제정
신이야!"

새벽에 거실에서 아빠의 큰 소리가 들려 나는 잠에
서 깼다.

"나도 너무 피곤해서 지쳤단 말이야!"

나기사 아줌마의 목소리와 가이가 시끄럽게 우는 소
리가 섞였다.

"그만해!"

나는 방에서 뛰어나와 거실 정중앙에 우뚝 선 아빠
와 나기사 아줌마에게 외쳤다. 나는 울고 싶었다. 또
똑같잖아. 어른들의 싸움.

"소우, 방에 가 있어."

이것도 똑같아.

"애초에 아무 말 없이 지갑에서 돈을 꺼내 가는 게
더 이상하지 않아?"

그랬다. 나는 깜박하고 지갑에서 돈을 꺼냈다고 말
하는 것도, 거스름돈을 돌려주는 것도 잊었다.

"내가 잘못했어. 내가 말하는 걸 깜박했어. 내가 나기사 아줌마 지갑에서……."

나는 울었다. 초등학교 4학년이면서 어린애처럼 엉엉 울었다. 아빠가 나를 방으로 들여보냈다. 아빠가 문을 쾅 닫았다. 아빠와 나기사 아줌마의 목소리가 끝없이 들렸다. 가이도 계속 울었다. 요즘 들어, 특히 밤이면 이런다. 내 일이 아니어도 두 사람은 말다툼한다. 그래서 나기사 아줌마도 가이도 잠을 못 잔다. 그러니까 낮에 내가 오는 걸 깜박하고 정신없이 잠든다. 분명 그런 거야. 나는 두 손으로 두 귀를 막았다. 대체 왜 내가 있는 집은 매번 이렇게 되는 거지…….

다음 날부터 내가 집에 오는 시간에 문이 열려 있지 않았다.

역시 나기사 아줌마는 가이를 돌보느라 지쳐서 잠든 거라고 생각하기로 했다. 나는 또 아파트 입구에서 책을 읽으며 기다렸다. 오후 5시를 지나면 문은 아무 일도 없었다는 듯이 열려 있다. 나는 굳이 뭐라고 하지 않고 그냥 "다녀왔습니다"라고 말하고 집에 들어간다. 그래도 나기사 아줌마는 어딘지 쌀쌀맞았다. 아마 내가 집에 있으면 편하게 잘 수 없는 거겠지, 내가 시끄럽게 굴고 가이를 깨우니까, 이런 식으로 이것저것 이유를 생각해봤지만 도무지 이해하지 못하겠다는 기분도 있었다. 어른이면서 꼭 애처럼 군다는 생각도 들었다.

사실은 아빠 가게에서 기다리는 게 좋을지도 모르지만, 나기사 아줌마가 나를 집에 들여보내지 않는 걸 알면 또 두 사람이 싸우는 원인이 된다. 그렇게 며칠이 흘렀다.

"아니, 너!"

돌아보자, 그때 그 할머니가 서 있었다.

"집에 같이 가줄까?"

할머니가 말했지만 나는 저항했다.

"아기가 밤에 울어서 엄마가 잘 못 주무세요. 그래서 낮에 둘이 푹 자게 하려고요. 저는 저녁까지 여기에 있어요."

"어린애가 어른 같은 소리를 하면 못써!"

화가 난 듯이 말한 할머니는 자기가 한 말을 후회하는 것처럼 입술을 살짝 깨물었다. 그러면서 뭔가 생각하는 것처럼 관자놀이에 손을 댔다. 오늘은 손톱에 푸른 기가 도는 분홍색 매니큐어를 발랐다.

"……어쩔 수 없네. 우리 집에서 기다리렴."

어, 어? 내가 허둥거리자 할머니가 내 팔을 붙잡았다. 할머니 집에 가면 또 일이 복잡해질 것 같았지만 할머니 힘이 너무 셌다. 나는 거의 질질 끌려가듯이 할머니 집 앞까지 갔다. 할머니가 현관문을 열었다. 문에 걸린 방울 같은 게 딸랑딸랑 소리를 냈다.

할머니가 내가 멘 가방을 낚아채듯이 가져갔다. 그걸 복도에 내려놓았다. 거실로 들어가자 뭔가 강렬한 냄새가 났다. 그래도 이상한 냄새는 아니었다.

할머니 집은 우리 가족이 사는 집보다 좁았다. 거실 중앙에 커다란 나무 테이블이 있고 그 위에 오래된 책들이 무너질 듯 쌓여 있었다. 벽은 전부 책장이고, 그 앞에 아직 다 그리지 못한 그림이 몇 점이나 있었다. 아마도 유화로 그린 그림일 것이다. 냄새의 정체는 이 유화 물감이었다. 나는 완성되지 않은 그림(까만색만 가득 칠해졌을 뿐이라 무슨 그림인지 모르겠다)을 보고, 책장을 봤다. 할머니가 내게 말했다.

"아무 책이나 자유롭게 읽어도 된다. 빌려줄 수는 없지만."

"저기, 손을 씻어도 될까요?"

"아, 그렇지. 참 귀찮은 시대야."

그런 말을 중얼거리는 할머니를 쫓아 세면대로 가서 둘이 나란히 손을 씻었다. 손바닥에 물을 받아 입을 헹구는데, 할머니가 어디선가 코끼리 그림이 그려진 플라스틱 컵을 가져다주었다. 컵에 매직으로 '산사부로'라고 적혀 있었다.

"죽은 영감 거."

할머니가 무표정으로 말했다. 영감이라는 게 할머니의 결혼 상대였던 사람이라는 건 나도 안다. 나는 다시 책장 앞으로 돌아왔다.

"책을 좋아하니?"

"네."

대답은 했지만 여기에 내가 읽을 수 있는 책은 없을 것 같다. 책등이 거무스름해져서 제목이 안 보이는 것도 있고, 영어로 된 책도 많다. 나를 보며 할머니가 말했다.

"대부분 산사부로의 책이야. 죽은 뒤에 이런 걸 남겨도 참."

그러면서 할머니가 부엌으로 갔다. 잠시 후, 할머니가 은색 쟁반을 들고 왔다. 나보고 소파에 앉으라고 권했다.

"아무튼 홍차라도 마시며 기다려라. 쿠키도 있어."

"잘 먹겠습니다."

나는 작은 꽃이 잔뜩 그려진 찻잔에 입을 댔다.

홍차에 처음부터 설탕과 우유가 들어 있어서 맛있었
다. 작은 도넛 모양의 쿠키는 조금 눅눅했지만 그래도
맛있었다.

할머니는 나를 내버려두고 캔버스 앞에 앉아 붓을
놀렸다. 새까맣다고 생각했는데 아니었다. 그림 아래에
새빨간 불꽃이 소용돌이친다.

"그날 본 밤하늘을 그리는 거란다."

나는 아무 말도 안 했는데 할머니가 말했다.

"그날 본 밤하늘이요?"

"……그래. 이건 전쟁이 끝난 해, 도쿄가 불탄 밤의
그림이야."

일본에서 전쟁이 있었던 건 알지만, 내게는 너무 먼
과거의 사실이다. 입을 다문 나를 알아차렸는지, 할머
니가 내게 얼굴을 가까이 대고 나직하게 말했다.

"소이탄이 떨어져서 도쿄 시내가 전부 불탔어."

"……소이탄?"

내가 질문하자 할머니가 다른 캔버스를 보여주었다.
은빛 비행기, 애벌레의 복부 같은 곳이 뻐끔 열려 나뭇
가지 같은 걸 하늘에서 떨어뜨리는 그림이었다.

"불덩이가 비처럼 내렸어. 이게 떨어진 곳은 전부 다
불탔지."

할머니는 양말을 벗어 발을 내게 보여주었다. 발목
에 난 화상 흉터가 오므라들었는데 아주 오래된 상처
같았다.

"너 정도 나이였을까……. 이게 생겼을 때가."

"……."

나는 잠시 입을 다물었다가 할머니에게 물었다.

"저기, 왜 이런 그림을 그리세요?"

"……."

이번에는 할머니가 입을 다물었다. 나는 질문을 잘
못했나 싶어 가슴이 조금 빠르게 뛰었다.

"글쎄다, 왜일까? 지금 그리지 않으면 전부 잊어버
릴 것 같아서."

그러면서 할머니는 다시 캔버스에 붓을 댔다. 나는
그림 그리는 할머니를 방해하지 않으려고 할머니 뒤에
있는 소파에 앉아 도서실에서 빌린 《별자리 도감》을

읽었다. 할머니도 더는 말이 없었다. 나는 이따금 캔버스를 흘깃거리며 그림이 점점 완성되어가는 것을 그저 묵묵히 지켜보았다.

오후 5시에 할머니 집을 나와 집으로 돌아갔다.

잠금장치는 풀려 있었다. 나는 지금 막 학교에서 돌아온 것처럼 "다녀왔습니다"라고 말했고, 역시 졸려 보이는 나기사 아줌마가 "어서 오렴"이라고 작게 대답해주었다. 사키코 씨(집에서 나오는데 할머니라고 부르지 말라면서 이름을 알려주었다)에 관한 이야기는 물론 나기사 아줌마에게 하지 않았다. 말하면 또 저번처럼 일이 복잡해질 테니까. 학원에 갈 시간까지 나는 내 방에 있었다. 아기 침대에서 자는 가이에게도 다가가지 않았다. 학원에 갈 시간이 되자, 나기사 아줌마가 어딘지 딱딱한 표정으로 도시락을 건네주었다.

"……고맙습니다."

나기사 아줌마는 조금 어색한 표정으로 웃어주었다.

그날부터 나는 사키코 씨 집에서 시간을 보냈다.

그래도 처음에는 학교에서 돌아오면 우선 집에 가서 잠금장치가 풀려 있는지 확인했는데, 역시 풀려 있지 않았다. 어휴, 길게 한숨을 쉬고 나는 사키코 씨의 집에 갔다. 간식은 눅눅한 쿠키에서 초콜릿, 사탕, 다양한 과자로 바뀌었다. 나를 위해서 사 온다고 생각하면 기뻤다. 왜냐하면 내가 이 집에 오는 걸 사키코 씨가 싫어하지 않는다는 뜻일 테니까. 나는 매번 낡은 소파에 앉아 도서실에서 빌린 책을 읽었고, 사키코 씨는 계속 그림을 그렸다. 대화도 거의 나누지 않았다. 나는 이따금 사키코 씨 그림이 완성되어가는 걸 구경하고, 시간이 되면 집으로 돌아갔다.

"저기, 도쿄는 예전에 전쟁 때문에 불탔어?"
나는 늘 가는 도서실에서 주조에게 물었다.
"응. 맞아. 도쿄 대공습."
그런 것도 모르냐는 표정을 짓지 않는 게 주조의 좋은 점이다.
주조가 책장 사이로 가서 책 한 권을 내게 보여주었다. 《도쿄 대공습》이라는 어린이용 만화책이었다. 주조가 페이지를 넘겨 펼친 곳을 내게 보여주었다. 비행기, 아니다, 폭격기. 도쿄에 수많은 폭탄을 떨어뜨린 폭격기는 'B-29'라고 한다. 사키코 씨의 그림처럼 'B-29'의 복부에서 가늘고 길쭉한 폭탄이 우르르 마을 위로 쏟아진다. '마을은 순식간에 불바다로 변했습니다'라는 대사가 적힌 장면에는 어른도 아이도 불바다에 휩싸여 괴로워하는 그림이 있어서 나는 무서웠다. 사키코 씨의 화상 흔적이 생각났다. 여기에 열 살 정도 된 사키코 씨가 있었다고 생각하니⋯⋯ 왠지 내 발도 불에 탄 것처럼 희미하게 아팠다.

"하룻밤에 사람이 10만 명 이상이나 죽었대."

"헉, 그렇게 많이?"

"원래 전쟁은 그런 거니까."

주조가 아무렇지 않게 말했다.

"무섭다."

내 입으로 말했지만 참 바보 같은 감상이다.

"그런데 지금도 전쟁이랑 비슷하잖아."

"엥?"

"방공 두건 대신 마스크를 쓰고."

그렇게 말하면서 주조가 책의 한 지점을 가리켰다.

"우리가 지금 누구랑 싸우는데?"

"코로나라는 미지의 바이러스 아닐까? 전 세계에서 500만 명 이상 사람이 죽었어."

"⋯⋯그런가."

대답은 했지만 나는 주조의 말을 좀처럼 이해할 수 없었다.

왜냐하면 바이러스는 눈에 보이지 않으니까. 내 주변에는 코로나 때문에 죽은 사람도 없다. 우리를 불태워 죽이려고 날아오는 'B-29'가 더 무섭다고 생각했다.

그날 밤, 나는 꿈에 시달렸다.

밤하늘에 수많은 'B-29'가 날아왔다. 공습경보는 들어본 적 없지만, 불났을 때 나는 사이렌 같은 소리가 멀리서 들렸다. 방공 두건을 뒤집어쓴 나는 가족과 떨어져 혼자 사람들 틈에 뒤섞였다. 불길을 피해 걸었는데 바로 옆에서 집과 사람이 불타 꿈인데도 열기를 느꼈다. 아빠도 나기사 아줌마도 가이도 없다. 나 혼자 어떡해야 해? 가이는 무사할까. 그때 익숙한 얼굴이 보였다. 엄마였다. 엄마만이 옛날 옷이 아니라 요즘 옷차림이었고, 방공 두건도 쓰지 않고 마치 일하러 가는 것처럼 바쁘게 걸었다. 엄마 위로 소이탄이 떨어졌다. 엄마의 몸이 불에 휩싸였다.

"엄마! 엄마!"

나는 눈물을 흘리며 외쳤고, 그러다가 잠에서 깼다.

내 목소리가 컸는지, 방문이 열리고 아빠가 내 침대

로 다가왔다.

"왜 그러니, 소우……."

아빠가 내 침대에 앉았다. 거실에서 가이가 우는 소리가 들렸다. 마치 사이렌처럼 엄청난 목소리였다.

"나 엄마 만나고 싶어."

엄마란 건 나기사 아줌마가 아니다. 아빠도 바로 알아들은 듯했다. 아빠가 내 머리를 쓰다듬으며 달랬다.

"이번 일요일에 만날 수 있잖아……."

"더 많이, 더 많이 만나고 싶단 말이야……."

나는 어린애처럼 울었다.

아빠는 곤란한 얼굴로 나를 바라보았다. 하지만 그게 진짜 내 마음이었다.

"소우!"

늘 가는 공원, 백조 보트가 있는 연못 옆에 서 있는데, 멀리서 하얀 블라우스를 입은 엄마가 크게 손을 흔드는 모습이 보였다.

"엄마!"

내가 거의 비명처럼 외치자, 엄마도 내게 달려왔다. 나는 활짝 벌린 엄마의 팔 안쪽으로 뛰어들었다. 같이 살았을 때와 다르지 않은 엄마 냄새가 났다.

나는 아직 어린애들이 그러듯이 연못 속 잉어에게 먹이를 주고, 백조 보트를 타고 싶다고 졸랐다. 보트에 올라타 엄마랑 같이 페달을 밟았다. 나는 주조 이야기, 또 주조가 여름에 아빠랑 캠핑에 갈지도 모른다는 이야기를 숨 돌릴 틈도 없이 했다. 나기사 아줌마나 가이 이야기는 하지 않았다. 당연히 사키코 씨라는 할머니 집에서 오후 5시까지 시간을 보낸다는 것도.

"소우, 학원에서 공부 열심히 한다며?"

"어?"

"아빠가 전화로 말했어."

아빠랑 엄마가 그런 이야기를 한다니, 전혀 몰랐던 터라 나는 놀랐다.

"응, 그래도 나…… 평범한 중학교가 좋아. 다른 애들도 가니까……."

"공부 잘하는데 아깝잖아."

엄마는 그렇게 말하더니, 손수건으로 이마의 땀을 닦으며 힘차게 보트 페달을 밟았다. 이 보트는 30분밖에 못 탄다. 계속 엄마랑 연못에서 보트를 타고 싶다고 생각하자, 벌써 엄마와 헤어질 무렵이 상상되어서 마음이 무거워졌다.

그래도 보트에서 내려 엄마와 손을 잡고 선로 옆에 있는 엄마 집에 갔다. 엄마는 나와 아빠와 헤어진 후로 원룸 아파트에서 혼자 산다. 나는 바로 베란다로 나가 파키라를 봤다. 나와 아빠와 엄마가 함께 살 때보다, 전철 안에서 보는 것보다 훨씬 더 커다랬다. 나는 베란다 구석에 있는 분무기로 파키라에 물을 줬다.

부엌에서 맛있는 냄새가 났다. 엄마가 완성한 요리를 차례차례 식탁에 차렸다. 햄버그스테이크, 돼지고기 생강 구이, 닭튀김…… 전부 내가 좋아하는 것들이다. 이렇게 많이는 먹을 수 없다고 생각하면서도 나는 배가 터질 정도로 먹었다.

저녁을 먹은 뒤, 엄마랑 같이 트럼프를 하며 놀았다. 매번 하는 신경 쇠약ᶜ. 엄마 눈이 고양이 눈처럼 반짝인다. 나랑 게임을 할 때면 엄마는 늘 진지하다. 꼭 어린애 같다. 나는 힐끔 벽시계를 살폈다. 슬슬 엄마 집에서 출발해야 한다. 나는 또 갑자기 쓸쓸해져서 무심코 말

ᶜ 카드를 모두 뒷면으로 뒤집은 후 두 장이나 넉 장씩 젖혀서 같은 숫자를 맞추며 겨루는 놀이.

했다.

"나 엄마랑 같이 살고 싶어……."

일부러, 마치 혼잣말처럼 말했다. 엄마 손이 멈췄다. 그러다가 내게 다가와 뺨을 다정하게 꼬집었다. 엄마가 자세를 고쳐 앉고 나를 바라보았다.

"소우……. 아빠랑 엄마 사정 때문에 미안해……. 너무 힘들지 않니?"

"아니야……."

나는 저녁까지 집에 들어가지 못한다는 걸 도저히 말할 수 없었다. 말하면 엄마가 걱정할 테니까.

그래도 왜 엄마가 아니라 아빠와 같이 살아야 하는지, 엄마와 헤어져서 살아야 하는지 진짜 이유를 나는 모른다. 아빠도 엄마도 전혀 말해주지 않았고, 그러다가 갑자기 아빠랑 나기사 아줌마랑 셋이 함께 살게 되었다. 솔직히 말하면 이유를 묻는 게 무서웠다. 설령 물어본다 해도 엄마나 아빠는 말해주지 않을 것 같다.

"그래도 나, 엄마랑 같이 살지 못하면 엄마랑 더 자주 만나고 싶어……."

엄마가 내 머리를 쓰다듬었다. 나는 미지근해진 보리차를 한 모금 마셨다.

"엄마는 지금 일을 열심히 하느라 주말에도 집에 없을 때가 많아. 엄마는 아빠랑 결혼하고 소우가 태어난후로 계속 집에 있었잖아? 그래서 아직 일이 익숙하지않거든. 그러니까 다른 사람보다 훨씬 더 많이, 열심히노력해야 해서……."

엄마가 아빠와 결혼하기 전에 했었던 간호사라는 일을 지금도 하고 있다는 건 나도 안다. 자세하게 어떤일인지는 모르지만 엄마와 만나면 지친 표정일 때가 많으니까 아주 많이 힘든 일일 것이라는 것도 안다.

"있잖니, 소우……. 네가 대학생이 됐을 즈음에 같이 살면 좋겠다고 엄마는 생각해. 그래서 지금 쓸쓸하게 해서 정말 미안해……. 그날이 올 때까지 엄마, 더열심히 일할게."

"어? 나 언젠가 엄마랑 살 수 있어?"

"……아빠가 괜찮다고 해준다면……."

엄마의 목소리가 갑자기 작아졌다. 나는 불안해졌다. 내가 엄마랑 살면 아빠는 어떻게 되는 거지? 모처럼 가이라는 남동생도 생겼는데……. 나는 점점 더 불안해졌다. 아빠와 엄마 사이에서 이리저리 기울어지는시소가 된 기분이었다. 그때 갑자기 "아이의 당연한 권리야"라고 말하던 주조의 목소리가 귓가를 스쳤다. 어려운 건 모르지만 아빠와 엄마가 뿔뿔이 헤어진 이유는 언젠가 물어봐야 할 것이다. 다만 그건 한참, 한참, 하안참 나중에 하면 된다.

"그래도 나는 가이랑 헤어지는 건 싫을 것 같아."

내 말에 엄마가 울먹이는 표정으로 웃었다. 엄마랑 살고 싶다고 했다가 가이랑 헤어지기 싫다고 했다가, 내 솔직한 마음을 말하면 말할수록 엄마가 곤란해질 뿐이다. 엄마와 따로 살아야 한다고 정해졌을 때, 나는 분명 그걸 깨달았다. 그런데도 엄마 얼굴을 보면 나도 모르게 본심이 튀어나온다. 이상하게 엄마를 곤란하게 하고 싶다. 따로 살게 된 그때부터 내 진짜 기분이 어떤지 어른들에게 절대 말하지 않겠다고 결심했는데도.

엄마와 같이 사는 미래가 있을지도 모른다. 그건 기쁘지만, 혹시 그런 미래가 오지 않을 수도 있다는 생각이 들면 무섭다.

"나, 그만 집에 갈게."

집이라는 말도 엄마 마음에 상처를 줄지 모른다. 아니, 틀림없이 주겠지. 집에 가고 싶은지를 내게 묻는다면 그 대답은 '아니요'다. 그러나 집에 가지 않으면 아빠가 걱정한다. 엄마는 역까지 바래다주겠다고 했으나 나는 혼자 가겠다고 했다.

"대신 나, 전철에서 손을 흔들 테니까 엄마도 베란다 에서 손 흔들어줘."

그렇게 말하고 엄마와 헤어졌다. 나는 엄마가 사는 아파트가 보이는 문 옆에 섰다. 곧 전철이 출발하고 엄마의 아파트가 나타났다. 어두컴컴한 베란다에 엄마와 파키라의 윤곽이 보였다. 나는 다른 사람이 보거나 말 거나 열심히 손을 흔들었다. 엄마의 팔이 흔들리는 걸 알 수 있었다. 그러나 아무리 눈을 부릅떠도 엄마의 표 정은 보이지 않았다.

사키코 씨의 그림은 어디가 완성 지점인지 사키코 씨 도 잘 모르는 것 같다.

새까만 밤하늘의 어둠만이 두껍게, 두껍게 칠해진다.

나는 그 그림을 이따금 흘긋거리며 소파에서 《여름 별자리 이야기》를 읽었다. 그리스 신화에서 영웅으로 활약하는 헤라클레스 이야기였다. 헤라클레스는 두툼 한 곤봉을 들고, 팔로 질식시켜서 퇴치한 식인 사자의 모피를 걸친다고 한다. 나는 책을 덮고 사키코 씨에게 물었다.

"저기요……."

"왜 그러니?"

사키코 씨는 붓을 멈추지 않는다.

"그날 밤에, 도쿄 대공습 밤에 별자리가 보였어요?"

"……."

사키코 씨는 아무 말도 하지 않고 붓으로 캔버스를 가리켰다.

"불꽃 위로 틀림없이 별들이 반짝였겠지만."

그렇게 말하며 사키코 씨가 찻잔을 한 손으로 쥐고 술을 마시는 것처럼 꿀꺽 삼켰다.

"화염의 기세와 열기로 별자리도 풀어지지 않았을까? 이런 식으로."

새까만 밤하늘에 드문드문 별이 보였다. 별자리는 분명 형태를 갖췄지만, 마치 녹아내린 것처럼 힘없고 느슨한 하얀 선이 별마다 세로로 달려 있었다.

"……."

그런 열기에 수많은 사람이 불탔다고 생각하니 나는 아무 말도 할 수 없었다. 만약 그날 밤 사키코 씨가 죽었다면 지금 내 눈앞에 사키코 씨는 없을 테고, 그럼

나는 나기사 아줌마에게 쫓겨났을 때 어디에서 시간을
보냈을까……? 긴긴 시간의 흐름과 수많은 사람의 고
통, 세상에 존재하는 우연, 그런 것이 내 안에 파고드
는 것만 같아 머리가 어질어질했다. 허둥대며 달콤한
홍차를 마시고 비스킷을 먹었다.

사키코 씨가 그런 내 머리를 쓰다듬고 옆에 앉았다.
우리 둘은 묵묵히 사키코 씨의 그림을 봤다. 새까만 밤
하늘, 'B-29'에서 쏟아지는 수많은 소이탄, 불타는 마
을, 그리고 녹아서 흘러내린 별자리. 나는 이 그림을 평
생 잊지 못할 것이다.

"자, 이걸로 완성이야……. 미련 없이 시설에 들어갈
수 있겠어."

"시설이요?"

"할아버지 할머니들이 많이 사는 곳에서 살 거야."

"어…… 그럼 이 그림은 어떻게 해요?"

"초보 작가의 그림을 보고 싶은 사람은 아무도 없을
테고, 아무런 가치도 없고……."

나는 앞에 놓인 수많은 캔버스를 둘러보았다. 대부
분 새까만 밤하늘을 그린 그림이지만, 구석에 한 장,
파란 하늘을 그린 그림이 보였다. 이 방에 와서 처음

보는 그림이었다.

"그러면 왜 그렸어요?"

"내가 잊지 않으려고……. 나처럼 늙은 할머니가 되면 기억이 조금씩 흐릿해지거든……. 그러니까 이건 오로지 나만을 위한 그림이야."

"나, 이제 여기에 못 와요?"

"……."

사키코 씨는 한동안 입을 다물었다. 밖에서, 아마도 베란다 근처에서 비둘기 우는 소리가 들렸다.

"내가 이 집에서 떠날 거니까. ……그러니까 네 아빠와 엄마에게 네 이야기를 해두마."

사키코 씨가 일어나더니 내가 조금 전에 본 푸른 하늘 그림이 담긴 캔버스를 들고 소파로 돌아왔다.

"이건 전쟁이 끝난 날의 그림이야. 소이탄이 더는 떨어지지 않았어. 태양이 이글이글 내리쬐었어. 매미가 우는 무렵이었다는 걸 그날 처음 깨달았지."

캔버스의 파란 하늘에는 한낮의 하얀 달과 어디론가 날아가려는 작은 매미가 그려져 있었다.

"나는 저 어두운 밤에 아버지도 어머니도 여동생도 잃었어……. 그래도, 아무리 괴로워도 살아 있으면 좋은 일이 생길 거란다."

사키코 씨는 그렇게 말했는데, 그건 왠지 사키코 씨 본인에게 들려주는 말 같았다.

"약속해주겠니? 아무리 괴로워도 도중에 사는 걸 포기하면 안 돼. 괴로운 건 언제나 애들이지. 그래도 말이다, 살아 있으면 틀림없이 좋은 일이 생겨……. 이 아파트에 살며 너를 만나서 나는 좋았단다. 언젠가 잊어버릴지도 모르지만 너를 잊지 않으려고 최선을 다해 노력하마."

사키코 씨가 주름 가득한 새끼손가락을 내게 내밀었다. 나는 그 새끼손가락에 내 새끼손가락을 마주 걸었다. 도중에 눈물이 나서 사키코 씨 무릎 위에서 한참을 울었다. 벽시계가 오후 5시를 가리켰다. 나는 휴지를 빌려 코를 풀고 사키코 씨에게 말했다.

"그만 갈게요."

사키코 씨가 말없이 고개를 끄덕였다.

"소우!"

아빠가 내 어깨를 붙잡고 흔들었다.

"어디에 갔었어! 걱정했잖아!"

"아니야……, 나는 사키코 씨 집에서."

내가 대답하자 뒤에 섰던 사키코 씨가 아빠 앞으로 나섰다.

"아드님은 집에 들어가지 못해서 곤란하니까 내 집에서 기다렸을 뿐이에요."

아빠가 뒤를 돌아보았다. 가이를 품에 안은 나기사 아줌마도 아빠와 마찬가지로 험악한 표정이었다.

"죄송합니다……. 불편을 끼쳐서 정말이지 면목이 없습니다."

그렇게 말하며 아빠가 나를 집 안으로 끌어들였다. 아빠가 사키코 씨한테 제대로 고맙다고 인사를 해주길 바랐는데, 아빠는 바로 문을 닫아버렸다. 사키코 씨를 수상한 사람, 이상한 사람이라고 생각하지 않았으면 좋겠다.

"내가 계속 곤란해했으니까 도와준 거야."

"계속 곤란했다니, 너 대체 언제부터……."

"……."

나는 입을 다물었다. 아빠가 나기사 아줌마를 봤다.

"아니야, 아빠. 나기사 아줌마는 하나도 나쁘지 않아. 가이가 밤에 우니까, 그래서 나기사 아줌마는 낮에 일어나지 못해서······."

나는 복도 모퉁이를 바라보며 말했다. 아빠와 나기사 아줌마가 서로 바라본다. 둘 사이의 심상치 않은 기운을 느꼈는지 가이가 나기사 아줌마 품에서 몸을 뒤틀며 울어댔다. 집 안에서 가이의 울음소리 이외에는 아무 소리도 나지 않았고, 점점 공기가 무거워지는 것 같았다. 나는 커다란 선풍기 바람으로 이 공기를 날려버리고 싶었다.

학원에 갈 시간이 되었고 나는 방에서 나왔다.

"오늘 도시락은 아빠 가게에서 파는 걸로 참아줘."

아빠가 내게 종이봉투를 건넸다.

학원에 가기 전, 나는 1층 가장 안쪽으로 가서 사키코 씨 집의 초인종을 눌렀다. 그러나 반응이 없다. 몇 번이나 눌러도 똑같았다.

그날 밤은 가이의 울음소리와 함께 나기사 아줌마의 가늘게 이어지는 듯한 울음소리가 오랫동안 들렸다. 새벽에 나기사 아줌마가 침대에서 자는 내 곁에 다가와 "소우, 정말 미안해, 정말 미안하다······" 하고 말한 것 같았는데, 그게 꿈인지 현실인지 나는 모르겠다.

그날부터 아빠가 가게에서 만든 음식이 내 학원 저녁이 되었다. 잠금장치가 걸려 있는 일도 없었다. 나는 집에 들어올 수 있었지만, 가이 얼굴을 아주 잠깐만 보고 학원에 가기 전까지 내 방에 있었다. 어느 날, 나기사 아줌마가 내 방에 와서 말했다.

"소우, 정말 미안하다, 정말로 미안했어……."

이번에는 분명한 현실이었다.

"엄마는 아무것도, 하나도 나쁘지 않아."

내가 말하자 나기사 아줌마가 엉엉 울었다. 나는 뭘 어쩌면 좋을지 알 수 없었다. 나기사 아줌마를 머뭇거리지 않고 엄마라고 부른 건 처음이었을 거다.

학원에 갈 때는 전철에서 엄마가 사는 집을 봤다. 역시 불이 꺼져 있었다. 엄마랑 사는 미래가 올지 안 올지는 모른다. 이루어지지 않을 미래일 수도 있다. 그래도 만약 그 미래가 오지 않아도 괜찮도록 나는 좀 더, 더 많이 강해지고 싶었다. 살아 있으면 좋은 일도 있으니까. 언젠가 사키코 씨가 해준 말이 귓가에 아른거렸다.

학원 수업을 마치고 돌아오면 개찰구에 아빠가 서 있다. 아무 말 없는 아빠랑 같이 상점가를 걸었는데, 아빠가 갑자기 "목말 태워줄게"라고 말했다.

내가 "싫거든?"이라고 했는데도 아빠는 아랑곳하지 않았다.

제발 동급생이 보지 않기를 바라며 나는 아빠 어깨에 슬쩍 올라탔다. 상점가에 달린 은방울꽃 모양 등불이 내 머리 바로 위에 있었다. 등 하나하나가 마치 하늘에서 떨어진 달 같았다.

계속 말이 없던 아빠의 목소리가 내 아래에서 올라왔다. 오늘 아빠한테서는 술 냄새가 나지 않는다. 요즘은 계속 그렇다.

"나기사는, 엄마는 첫아기를 낳고 몸도 마음도 많이 지친 것 같아. 그래서…… 한동안 외할머니 댁에서 지낼 거야."

"가이도?"

나는 아래를 향해 물었다.

"가이도."

"조금 있으면 돌아와?"

"조금 쉬고 바로 돌아올 거야……."

그 말을 마치고 아빠는 또 입을 다물었다. 나도 말없이 아빠 어깨 위에서 흔들렸다.

"이혼한 것도, 친엄마랑 살지 못하게 된 것도, 나기

사 일도, 전부 다 알아주지 못해서 미안하다, 소우."

아빠가 내 두 다리를 꽉 움켜쥐었다. 그 손은 사키코 씨의 새끼손가락보다 훨씬 뜨거웠다.

"아빠……."

"응."

"나는 나기사 아줌마도, 아니, 엄마도 친엄마도 가이도 다 좋아해."

아빠의 걸음이 잠깐 멈췄다. 상점가의 중심 도로를 빠져나와 선로를 건너 골목으로 들어갔다. 사람이 갑자기 적어졌다.

"그 할머니, 사키코 씨라고 하는데, 사키코 씨도 좋아해. 나를 도와줬으니까."

사키코 씨를 생각했다. 그날 이후로 사키코 씨를 보지 못했다. 벌써 시설이라고 하는 곳에 갔을까.

"아빠도 좋아해. 내 주변에는 전부 좋아하는 사람들만 있어."

그러자 아빠의 입에서 큽, 하고 이상한 소리가 나왔다. 나는 당황해서 아래를 봤다. 아빠가 눈을 질끈 감고 애처럼 팔로 쓱쓱 눈 주변을 훔쳤다. 나는 또 당황해서 하늘을 가리키며 말했다.

"저, 저거야, 아빠. 저게 틀림없이 베가라는 별."

자신은 없었다.

금방 먹색 구름이 흘러와서 베가가 보이지 않게 됐다. 그래도 사키코 씨가 체험한 그날 밤처럼 불꽃에 녹아버리지 않아서 다행이다. 주조는 코로나와 전쟁이 비슷하다고 했지만, 적어도 지금 이 마을에 소이탄이 떨어질 일은 없다. 구름에 가려졌어도 별과 별은 보이지 않는 실로 단단히 묶여서 별자리의 형태를 유지한다. 우리 가족도 분명히 그렇다.

"여름방학 때 어디 별을 보러 가면 좋겠다."

코로나 때문에 무리일지도 모르지만, 하고 나는 말했다.

"남자들끼리 가끔은 괜찮겠는데……. 좋아, 어디 갈 수 있을지 생각해보자."

아빠가 바쁘게 걸음을 옮겼다. 전해지는 진동에 간지러워서 나는 웃었다.

아빠 어깨에 탄 채 나는 밤하늘에 손을 내밀었다.

구름이 끊어지고 다시 베가가 반짝였다. 나는 그걸 손바닥으로 잡는 시늉을 해 입에 넣고 꿀꺽 삼켰다. 별은 이제 내 안에 있다.

다시 나기사 아줌마랑 우리 엄마랑 가이랑 사키코 씨를 생각했다. 나기사 아줌마가 돌아오면 큰 소리로 "엄마, 안녕히 다녀오셨어요"라고 말해야지. 나는 남몰래 속으로 맹세했다.

참고 문헌

《하늘 지도 - 인류는 머리 위 세계를 어떻게 그려왔을까(天空の地 人類は頭上の世界をどう描いてきたのか)》, 앤 루니(닛케이 내셔널지오그래픽사)

《별과 신화 이야기로 즐기는 별의 세계(星と神話 物語で親しむ星の世界)》, 감수·이쓰지 아케미, 사진·후지이 아키라(고단샤)

옮긴이의 말

작가 구보 미스미는 2009년 단편 〈미쿠마리〉로 제8회 '여성에 의한 여성을 위한 R-18 문학상'에서 대상을 받으며 데뷔했다. 데뷔작이 포함된 소설집 《한심한 나는 하늘을 보았다》(포레, 2011)는 우리나라에서 절판되었다. 대신 제159회 나오키상 최종 후보작에 오른 《가만히 손을 보다》(은행나무, 2019)는 지금도 읽어 볼 수 있다. 작가는 여성의 성적 욕망에 대한 사유와 성적인 묘사를 두루뭉술하지 않게, 가감 없이 드러내는 서술로 유명하다. 《가만히 손을 보다》도 시작부터 그런 묘사가 나와 괜스레 주변을 살피게 된다.

그러나 이번 작품집 《밤하늘에 별을 뿌리다》는 성적

묘사와 거리가 멀다. 그래서 공공장소에서도 주변을 신경 쓰지 않고 편하게 읽을 수 있다. 제목에서부터 알 수 있듯이 밤하늘에 뜬 별을 장치로 삼아 등장인물의 복잡한 마음, 현실과 바람을 보여주는 단편집이다.

다섯 편의 단편 속 주인공들은 모두 상실을 겪는다. 쌍둥이 여동생을 잃고 애인이라고 믿은 사람도 잃고 가족처럼 의지했던 여동생의 애인마저 잃는 사람(〈한밤중의 아보카도〉). 이루어질 리 없는 첫사랑에 실패하고 오랜 소꿉친구가 주는 마음을 자기 손으로 놓아버린 사람(〈은종이색 안타레스〉). 엄마를 한 번 잃는 것도 힘든데 엄마의 유령과도 다시는 만나지 못하게 된 사람(〈진주별 스피카〉). 미국으로 떠나보낸 아내와 딸에 이어 유사 가족을 꿈꿨던 이웃집 모녀 역시 떠나버리고 혼자 남은 사람(〈습기의 바다〉). 괴로울 때 머물 수 있도록 자기 곁을 내어준 이웃 할머니와 영영 헤어지게 된 사람(〈별의 뜻대로〉)이 각 소설의 주인공으로 등장한다.

인생이란 원래 숱한 만남과 헤어짐이 반복되는 법이라지만, 머리로는 알아도 실제로 상실을 겪으면 절망할 수밖에 없다. 상실을 이겨내는 방법은 사람에 따라 다른데, 그런 시도가 꼭 성공한다는 보장은 없다. 그냥 감내하기만도 괴로운데 괜한 시도를 했다가 더한 괴로움이 추가될 수도 있다. 그래도 단편 속 주인공들은 살아간다. 힘들어도 슬퍼도 괴로워도, 회피할 수 없는 상실감을 품고 살아간다. 그리고 밤하늘에 무수히 반짝이는 별들이, 쌍둥이자리 별인 카스토르와 폴룩스, 남쪽 하늘에서 빛나는 안타레스, 처녀자리에서 가장 밝은 스피카, 습기의 바다라는 몽환적인 지형을 품은 달, 하늘을 빼곡히 메우며 쏟아진 소이탄 때문에 흐무러진 별들이 살아가는 그들에게 묵묵히 빛을 보낸다.

요즘 도심지에서는 별이 잘 보이지 않는다. 지상의 빛이 지나치게 밝고, 그 빛을 만들기 위해 지구의 많은 것을 희생한 결과이리라. 나는 현재 강릉에서 한 달 살기를 하며 옮긴이의 말을 쓰고 있는데, 숙소가 시내 쪽이어서인지 여기에서도 별은 옅은 흔적처럼 보인다. 밤하늘과 땅이 구분되지 않을 정도로, 우주의 품에 안긴 착각이 들 정도로 쏟아지는 별을 볼 기회가 거의 없다. 반짝거리는 불빛을 보고 별로 착각했는데, 알고 보니 한밤중에 부지런히 날아가는 비행기일 때도 있다. 그러나 별은 눈에 보이지 않아도 우리 주변에 존재한다. 최초의 인류가 태어나기 전에도 있었고, 먼 훗날 마지막

인류가 죽은 후에도 있을 것이다. 별 또한 변화를 거칠 테지만 인간은 상상도 할 수 없는 장엄한 시간을 살아갈 것이다. 이 작품처럼 인간들이 겪는 일을 바라보면서, 인간들이 별들을 그리워하는 감정을 받아들이면서.

작가는 이 작품으로 2022년 상반기 나오키상을 수상했다. 나오키상은 매년 상반기와 하반기에 두 번 시상하는 대중문학상으로, 일본 문학계에서 알아주는 상 중 하나다. 《가만히 손을 보다》로 후보에 올랐으나 수상하진 못했던 아쉬움을 해소한 셈이다. 상을 받아야만 가치가 증명되는 것은 아니나, 상을 받으면 더 많이 노출되긴 한다. 이 작품을 우리나라에 소개할 수 있는 것도 나오키상의 공로를 무시할 수 없으리라. 작가의 트위터를 팔로우하고 있어서 나오키상 수상 소식을 실시간으로 접했는데 그 작품을 번역할 수 있어서 기쁘다.

독자 여러분에게도 작가가 보내는 별들의 마음이 전해지기를 간절히 바란다.

2023년 3월

이소담

옮긴이 이소담

동국대학교에서 철학 공부를 하다가 일본어에 매력을 느껴 번역을 시작했다. 읽는 사람에게 행복을 주는 책을 우리말로 아름답게 옮기는 것이 꿈이고 목표이다. 지은 책으로 《그깟 '덕질'이 우리를 살게 할 거야》가 있다. 옮긴 책으로 〈나르만 연대기〉〈십 년 가게〉 시리즈를 비롯하여 《양과 강철의 숲》《하루 100엔 보관가게》 《같이 걸어도 나 혼자》《다시 태어나도 엄마 딸》《이사부로 양복점》《쌍둥이》 등이 있다.

밤하늘에 별을 뿌리다

초판 1쇄 인쇄일 2023년 4월 13일
초판 1쇄 발행일 2023년 4월 28일

지은이 구보 미스미
옮긴이 이소담

발행인 윤호권
사업총괄 정유한

편집 이원석 **디자인** 서윤하 **마케팅** 정재영, 윤아림
발행처 ㈜시공사 **주소** 서울시 성동구 상원1길 22, 6-8층(우편번호 04779)
대표전화 02-3486-6877 **팩스(주문)** 02-585-1755
홈페이지 www.sigongsa.com / www.sigongjunior.com

ISBN 979-11-6925-681-0 03830